江戸美人捕物帳

# 入舟長屋のおみわ　夢の花

山本巧次

幻冬舎時代小説文庫

江戸美人捕物帳

# 入舟長屋のおみわ

夢の花

# 一

今日、俺はついてるのかもしれねえ。

本所相生町(ほんじょあいおいちょう)の居酒屋の板敷きで胡坐(あぐら)をかき、盃を口に運びながら、長次郎(ちょうじろう)は思った。目の前には、焼き椎茸、里芋の煮物、コンニャクの田楽などが載った膳があり、徳利も二本。もう霜月も半ば、日が落ちてからはめっきり寒くなったので、程良い熱燗になっている。

「だいぶいけるみたいだねえ。さ、もう一杯」

そう声をかけながら徳利を傾け、長次郎の盃に酒を注いでくれるのは、傍らに座る女だ。盃を差し出しながら、長次郎はつい目尻を下げてしまう。

長次郎の顔が火照っているのは、酒のせいばかりではない。女は二十五、六と見える色白の年増で、顔立ちも、徳利を傾ける仕草も、何とも艶っぽい。紺地に紅葉などを散らした着物も、その色香を引き立てている。見れば見るほど、いい女だった。

素人じゃねえな、と長次郎は察しているが、素性を聞くような野暮な真似はしない。だいたい、名前すら聞いていないのだ。女と会ったのは、今日が初めてだった。

指物職人である長次郎は、昼間、出来上がったばかりの鏡台を見た親方の覚蔵(かくぞう)に、お前にしちゃ仕上げが雑だと小言を言われた。自分ではそれなりにいい出来だと満足していたので、納得はいかなかったのだが、覚蔵に口答えしても怒鳴られるだけだ。仕方なく言われた通り手を入れたものの、どうにも気分が収まらず、仕事が終わるなりこの居酒屋に入って一人で飲んでいた。すると、飲み始めて四半刻（三十分）ばかり経った頃、やはり一人で飲んでいたこの女が、徳利を持って隣に寄って来たのである。

「あんたも一人みたいだね。ちょいと邪魔してもいいかい」

正直なところ、長次郎は驚いた。女に縁がないわけではないが、大概は長次郎から言い寄るばかりで、今までに女の方から声をかけられた覚えがなかったからだ。

しかもこんないい女である。

「ああ、いいとも」

無論、長次郎の方に否やはない。女は微笑み、長次郎と並んで座った。袖が触れ合うほど近く、長次郎は少しどぎまぎした。

「あんたみたいな別嬪が、こんなところで一人で飲んでるなんて、勿体ねえ話だ」

そんな愛想を言ってみる。女は、ふふっと笑って徳利を持ち上げた。

「別嬪だなんて、嬉しいことを言ってくれるねえ。こんな年増にさ」

「なァに、女は年増と言われるようになってからが本番だ。十六や十七の娘っ子なんか、姐さんに比べりゃ青臭くって、さっぱり良くねえ」

言ってから長次郎は、つまらない物言いをしたか、と後悔した。こういうとき、洒落た口説き文句でもすぐ浮かんでくるようなら、もっといい目を見て来られたろうに……。

「おや、年増になってからが本番って、兄さん、よくわかっているねえ」

幸い、女は今の言いようが気に入ったらしい。長次郎は安堵して、盃を干した。

「まったく、それがわからない唐変木が……」

女は口惜しそうに唇を歪め、言葉を切った。気になった長次郎は、何かあったのかい、と聞いてみた。女は躊躇ったものの、まあいいか、と一度溜息をついてから、仔細を話した。どうも、若い娘に男を盗られたらしい。

「三年も一緒にいて、面倒も見てやったし金も貢いでやったのに、あっさり袖にしやがって」

女は肩を震わせ、唇を嚙んだ。

「そりゃあ、江戸っ子の風上にも置けねえ奴だ。姐さんをそんな風に振っちまうなんて、許せねえな」

長次郎は本気で憤った。できるなら、この女の面前に引っ張って来て、自分がぶん殴ってやりたいぐらいだ。

女は、ちょっと驚いたような顔をして長次郎を見た。

「ありがとう。あんた、いい人なんだね」

「いやその、いい人って言われるほどじゃあねえが」

長次郎は慌てて酒を呷った。女がじっと自分の横顔を見つめているのが、気配でわかる。長次郎の頰が熱くなってきた。

「おや、どうしたんだい。赤くなってるよ」

女が笑う。

「そ、そうかい。ちっと酒が回ってきたかな」

「まだ一本空いただけじゃないか。さ、もう一杯」

長次郎は赤くなったまま、また盃を干した。手先が震えそうな気がした。

「じゃあ、ご返盃だ」

長次郎が女の盃を満たしてやると、女は両手で捧げ持ち、くいっと一気に飲んだ。その仕草が艶(なま)めかしく、長次郎は背中に鳥肌が立った。

それから差しつ差されつで、半刻（一時間）ほど過ごしている。こんな美人と二人で過ごしたことがない長次郎は、自分でわかるほどすっかりのぼせていた。覚蔵に咎められた不満など、どこかに消えてしまった。この俺も、満更捨てたものではないらしい。

自分の見た目が、役者のような美形からほど遠いことは、承知している。背丈は人並み、腕っぷしも大したことはない。指物職人としての腕は、親方の覚蔵の考えは違うようだが、自分では悪くないと思っている。だが、それだけだ。女に惚れてもなかなかうまく行かず、この夏もひと悶着起こしている。そんなこんなで、二十七の今日まで独り身だった。

だが、男の値打ちは、見た目だけではない。自分も、齢を重ねてそれなりの味わいが出てきているはずだ。どうやら潮目の変わる頃合いだったらしい。長次郎は内心のニヤつきが顔に出ないよう気を付けながら、女に勧められるまま、盃を重ねていった。

空いた徳利が六、七本になった頃、女が言った。

「ちょっと酔ってきたねえ。兄さん、どう？　ちょいと場所を変えない？」

「うん？　違う店に行くのかい」

ほろ酔い機嫌の長次郎が尋ねると、女が頷いた。

「店じゃないんだけど、実は舟を用意してるんだ」

「舟だって？」

これには意表を衝かれた。

「そう。実は、さっき言った男と楽しもうと思って、頼んであったんだ。まさか振られちまうとはねえ」

女はまた、溜息をついた。

「それが無駄になっちまうのもなんだし、兄さん、良かったら付き合っておくれでないか」

「あ、ああ。そりゃ構わねえが、舟遊びにはちいっと寒いんじゃねえか」

「大丈夫。屋形舟だし、炬燵も用意してもらってるから」

「そうかい。それじゃあ、付き合うとしようか」

長次郎の胸が高鳴った。この女と二人きりの舟遊びとは、なんと粋な話か。舟賃は、と一瞬考えたが、それこそ野暮だと頭から追い払った。

「じゃあ、行きましょう」

女が先に立った。

「舟のお代は払ってあるから、気にしないで」

長次郎の心配を見抜いたように女が言ったので、気が大きくなった長次郎は、二人分の飲み代を居酒屋の亭主に払うと、連れ立って表に出た。そこは竪川（たてかわ）沿いの通りで、前は相生町河岸である。通り沿いの店々には煌々と灯が灯り、提灯などは無用だ。

ここで長次郎は、互いに名乗っていないのが気になってきた。舟遊びまでしようというのに、相手を何と呼んでいいのかもわからないのだ。

「あー、俺は北森下町（きたもりしたちょう）の長屋に住んでる……」

言いかけたところで、女が長次郎の唇に指を当てた。

「お互い、野暮はよしましょう」

唇に触れた指の感触に、長次郎はぞくりとした。こいつは、ついてるどころの話じゃねえかもしれねえ。

一ツ目之橋へ折れたところで、橋の袂に屋形舟が一艘、舫（もや）われているのが見えた。

「あれかい」

指差すと、女が「ええ」と答え、舟に歩み寄って船頭に声をかけた。船頭が笠に手を当てて頭を下げ、どうぞと手で示した。女が振り向いて長次郎に微笑み、先に舟に乗り込む。長次郎は鷹揚に構えている風を装い、女に続いて歩み板を渡った。

「へえ、こいつは洒落てるな」

舟の中には、女が言った通り炬燵が設（しつら）えられ、徳利も何本か用意されていた。二人は早速炬燵に入り、差し向かいになる。

「やって下さいな」

女が言うと、障子の向こうから「へえ」と応じる声が聞こえ、舟が動いた。

「どこへ行くんだい。大川（おおかわ）をひと回りかい」

女は、小さくかぶりを振った。

「浅草の奥の方。そこに、家があるんだ」

そうか、と返して、長次郎はその意味を考え、頬を上気させた。今から舟で浅草の奥の方へ行って女の家に寄れば、四ツ（午後十時頃）を過ぎて町木戸が閉じられてしまう。泊まって、ということだ。女が名乗らないことを選んだのは、そのためだろう。互いに名も知らぬ男と女、一晩限りの逢瀬、というわけだ。

もとより、明らかに素人と思えぬ女が、この先も長次郎と付き合ったり、万が一にも女房に収まるなんてことが、あるはずはない、と承知している。長次郎もそこまで間抜けではない。ならば、この一晩に男を賭けようじゃねえか。それが江戸っ子の粋ってもんだ。

「さ、飲み直しましょう」

女が徳利を持ち上げた。舟は大川へ出たらしく、ゆらゆらと揺れ始めている。今宵は身任せ、波任せ。長次郎はすっと盃を出した。

## 二

ああ、やっぱり寒くなったなあ。お美羽(みわ)は、洗濯物を抱えて井戸端に向かいながら、空を見上げた。朝から抜けるような青空だ。霜月に入ってから、今日のように天気のいい朝は、だいぶ冷え込んでいる。つい先日までは爽やかな秋風が頬を撫でていたのに、季節の移ろいは早い。

「あ、お美羽さん、おはよう」

井戸端で、長屋のおかみさんたちが挨拶してきた。お美羽も笑顔で挨拶を返す。この北森下町にある入舟(いりふね)長屋は、二棟二十四軒の棟割(むねわり)長屋だ。建物はだいぶ古くなって、たまに雨漏りもするが、幸いなことに空き部屋はない。それどころか、住みたくて部屋が空くのを待っている人もいる。それというのも、古い割に手入れが良く、大家の面倒見がいいとの評判があるからだ。

「やあ、おはよう」

後ろで声がして、おかみさんたちが一斉に立ち、「おはようございます」と声を揃えた。お美羽は振り向いて、声の主をじろりと見やる。

「お父っつぁん、もう出かけるの」

お父っつぁん、と呼ばれたのは大家の欽兵衛。娘の鋭い視線に少したじろいでいる。

「うん、ああ、六間堀のご隠居のところへ」

「朝から将棋を指しに？　昨夜も行ったじゃない」

「昨夜の勝負が、まだついてなくてねえ。朝一番で続きを、って約束したもんで」

頭を掻いている欽兵衛の前に、お美羽は腰に手を当てて立ちはだかった。

「御奉行所からの触書とか師走の夜回りのこととかで、町名主の幸右衛門さんのところに行くんじゃなかったの」

「ああ、それはその、後で行くよ。いや、明日でも大丈夫だし」

「いっつもそんな風に、いい加減なんだから。忘れちゃったら、幸右衛門さんに御迷惑でしょう」

「いやいや、忘れたりするもんか。それじゃ、ご隠居が待ってるから」

欽兵衛はあたふたと、逃げるように長屋を出て行った。お美羽は、しょうがないなあと溜息をつきながら、洗濯に戻った。おかみさんたちが、くすくす笑う。

「お美羽さん、もうちょっと欽兵衛さんに優しくしてあげなよ」

笑いながら言うおかみさんに、お美羽は駄目駄目と手を振った。

「地震が起きても寝てるようなのんびり屋さんなんだから。お尻を叩くぐらいでちょうどいいの。でないとすぐ、やらなきゃいけないこと、忘れちゃうんだもん」

大家の欽兵衛はお美羽の言う通り呑気な四十男で、人の好さから皆に好かれているのだが、人が好過ぎて頼りないところがある。その代わりに、しっかり者のお美羽が大家としての仕事を支えていた。実際、欽兵衛の主な仕事は、帳面をつけて雇い主である家主の小間物問屋、寿々屋(すずや)に出しに行くのと、町名主の幸右衛門と話を交わすことぐらいで、店賃(たなちん)集めを始めとする長屋の諸々の雑事は、ほとんどお美羽の肩にかかっているのである。

それなのに欽兵衛は、早く嫁に行けとうるさく言う。お美羽が嫁に行ったら、一番困るのは欽兵衛のはずだった。その上、長屋の仕事を切り盛りしているせいで、気の強いしっかり者、という評判が固まり、もう二十一になるのにすっかり縁遠くなってしまっている。もっとも、欽兵衛に言わせれば、お美羽が強いと言われるのは長屋の仕事と関係ない、当人の性分だ、となるのだが。

昼になっても将棋から戻って来なかったら、呼びに行かなきゃ、などと思っていると、長屋の一番奥の家から、女の子を連れた若い女が出て来るのが見えた。やはり洗濯のようだ。お美羽は、僅かに身を強張らせた。

「皆さん、おはようございます」

その女は、井戸端まで来ると、丁寧に頭を下げた。五歳になる娘も、一緒に頭を下げる。お美羽もおかみさんたちも、同様に丁寧に挨拶した。

「千江（ちえ）さん、おはようございます。香奈江（かなえ）ちゃん、おはよう」

千江はにっこり笑って膝をつき、盥（たらい）と洗濯物を置いた。香奈江は、早速井戸のつるべに取りつこうとする。

「これ、香奈江。駄目よ」

「はーい」

五歳の娘に、井戸の水汲みはまだ無理だ。香奈江は残念そうにつるべを見ながら引き下がる。おかみさんたちが微笑んだ。お美羽も微笑んでいるが、少しばかり胸の内に思いがあることに、おかみさんたちは気付いていない。

「千江さん、江戸の水には慣れましたか」

お美羽が声をかけると、千江は「はい」と口元に上品な笑みを浮かべた。

「おかげさまで、少しずつ慣れて参りました。お恥ずかしいのですが、江戸の井戸は湧き水ではなくて、地面の下に水道を通して水を引いているのだと、昨日主人から聞いて驚いておりまして……やっぱり江戸というところは、すごいですね」

千江は、はにかんだように言った。十日前に相模(さがみ)の厚木(あつぎ)から出て来たばかりで、まだ江戸の何もかもが珍しいのだ。

「水道は江戸っ子の自慢ですからねえ」

そう言ったところで、千江の家から、手に書物を抱えた浪人が出て来た。千江の良人(おっと)、山際辰之助(やまぎわたつのすけ)だ。お美羽の体はまた少しだけ、強張る。

「やあ皆さん、お美羽さん、おはよう」

近寄った山際は、快活に言った。

「山際さん、早くからお出かけですね」

お美羽が笑顔を作って言うと、山際は軽く頷いた。

「手習いを始める前に、調べ物をしておこうと思ってね」

山際は、近所の貸本屋の二階で、子供たちに手習いを教えている。子供たちが来るのは家の手伝いを終えた後で、半刻くらいは後になるから、それまでの間、書見でもするのだろう。騒々しい長屋にいるよりは、余程はかどるに違いない。

「行ってらっしゃいませ」

千江と香奈江に見送られ、山際は長屋を出て行った。お美羽は誰にも聞かれないよう、小さな溜息をついた。


お美羽が山際一家を見るたび落ち着かなくなるのには、理由があった。山際は半年余り前に入舟長屋に入り、しばらく一人で住んでいたのだ。江戸での暮らしが立つまで妻子を故郷の親類に預けていたのだが、てっきり独身だと思い込んだお美羽は、容姿が整っている上に学があり、剣の腕も立つという山際に、心を奪われていたのである。

それがある日、山際が妻子を呼び寄せたことが明らかになり、お美羽の恋心は無残に砕け散ってしまったわけだが、山際自身がお美羽の胸の内を知ることはなかった。今となっては、知られなくて良かったとつくづく思う。

そんなわけで、千江と香奈江が長屋に着いたとき、お美羽の胸中はかなり複雑だった。いったいどんな人だろうと思っていたのだが、初めて顔を合わせてみると、ずいぶん地味な感じだった。もしやすごい美人なのでは、と胸がざわついていたお美羽は、言っては悪いがいささか拍子抜けした。

しかし、しばらく話してみると、千江は武家の妻にも拘わらず腰が低く、気が優しくて控え目だった。長屋の左官職人の菊造には、千江さんよりお美羽さんの方がずっと美人だが、人となりは、奥ゆかしい千江さんと跳ねっ返りのお美羽さんとでは見事に反対だな、と言われた。蹴っ飛ばしてやったが、人となりについては自分でも菊造の言う通りだと思えた。

結局、山際さんにふさわしいのは、ああいう人なんだ。そう自分に言い聞かせ、後ろは向かず前を向こうと納得はしたものの、心のざわつきはまだ完全に消え去ってはいない。

「ちょっと、お美羽さんってば」

肩を叩かれて、我に返った。

「え、ああ、はい」

「どうしたのさ、珍しくぼうっとしちゃって」

そう言っているのは、小間物細工職人栄吉の女房、お喜代だ。洗濯する手は勝手に動いていたが、心ここにあらず、だったようだ。

「何でもない。で、どうかしたの」

「どうかした、ってほどの話じゃないけど、隣の長次郎が帰って来ないんだよ」

「え？　いつから」

「昨日の朝、仕事に出たっきり」

「昨日？　泊まり込みで仕事か、どこかで飲んで潰れちゃったかじゃないの」

一日や二日ぐらい帰って来ない連中は、幾らでもいる。気にするほどでもないだろうに、と言いたかったのだが、お喜代は心配そうな顔をしている。

「簞笥に付ける飾り金具のことで、うちの人に相談したいって言ってたんだよ。それが今日って話だったんだけど」

「ふうん、そうなの」

お美羽は首を傾げる。長次郎は約束をすっぽかすような男ではないが、何かの都合で思った通りにならないこともあるだろう。一日二日なら、気にしなくてもいいのでは。そう言ってやると、お喜代も「まあ、そうだよね」と肩を竦めた。

他人（ひと）の心配をしてる場合でもないか、などと呟きながら、お喜代は洗った洗濯物を物干し場へ持って行った。お美羽も腰を上げた。今日もやることは一杯あるのだ。

そうも言っていられなくなったのは、翌々日のことだった。その日、お美羽は朝から長次郎の家に行き、障子を叩いてみた。先月の店賃を、今日まで待ってくれと言われていたからだ。お喜代の話があったので、一応気には留めていたのだが、昨夜様子を窺うと、長次郎の家には四ツを過ぎても灯りが灯らなかった。どうも、三晩続けて帰って来なかったらしい。

「長次郎さん、長次郎さん、いないの？」

呼んでみたが、答えはない。誰かいる気配もなく、居留守ではない。

「四日目だねえ。何だか嫌な感じがしてきたよ」

隣のお喜代が顔を出して、言った。その後ろから栄吉の声もする。

「菊造とかみてぇないい加減な奴だったら、まず心配なんざしねえんだが、長次郎だからな」

その通りだ。店賃のこともあるし、放っておくわけにもいかないだろう。

「取り敢えず、親方の覚蔵さんのところに行ってくる」

仕事場を兼ねた覚蔵の住まいは、本所亀沢町だ。ここから真っ直ぐ北へ六町半（約七百メートル）ほどなので、行って帰るだけなら半刻で済む。お美羽は、早速出かけることにした。


覚蔵の家は表の間口が二間（約三・六メートル）ほどだが、奥行きがあり、見た目より広い。表側の板敷きが仕事場で、覚蔵と女房は二階に住んでいる。仕事場ではいつも覚蔵と二、三人の弟子が、ほぞを削ったり板を組んだり、金具を取り付けたりと、忙しなく働いていた。

「ご免下さいな」

お美羽が入って行くと、表近くにいた十五、六の弟子が手を止めて立ち上がり、お美羽に応対した。

「はい、何かご用で」

「私、入舟長屋の者で美羽と申します。長次郎さんのことで、ちょっとお尋ねを」

それを聞いて、奥で途中まで組んだ箪笥か何かの拵えを睨んでいた覚蔵が、振り返った。

「長次郎だって？　あいつは、この三日ほど姿を見せてねえんだが」

ああ、やはり仕事にも出ていなかったか。お美羽が俯いて嘆息すると、覚蔵が弟子を下がらせて近くに寄って来た。

「ええと、あんた確か、長次郎の長屋の大家の娘さんだよね」

「はい、そうです」

「噂は聞いてるよ。なかなかのしっかり者だってぇじゃねえか」

やれやれ、ここまで評判が響いていたか、とお美羽は思った。

「しっかり者なんて。どうにか皆さんに厄介をかけないよう、やっているだけです」

「いや、立派なもんさ。で、長次郎の奴、どうしたんだい。寝込んでるのか」

「それが、三日前から長屋に帰ってないんです」

「三日前から帰ってない？」

覚蔵は鸚鵡(おうむ)返しに言って、眉間に皺を寄せた。

「そいつはおかしいな。おい、弥一(やいち)」

覚蔵は、鑿(のみ)でほぞ切りをしていた弟子の一人を呼んだ。

「へい、何でしょう」

顔を上げた弥一を見て、お美羽は、あれっと思った。目鼻立ちがはっきりして、顎の線が柔らかく、澄んだ目に濃い眉。覚蔵のいかにも職人らしい角張った顔と比べてしまうからかもしれないが、職人よりも、中村座(なかむらざ)の舞台がふさわしいように思える。年は二十歳ぐらいだろうか。なかなかの男ぶりに、思わず見とれてしまった。

「お前、三日前に長次郎と一緒に帰ったんじゃなかったか」

お美羽の目付きには気付かない様子で、覚蔵が弥一に聞いた。弥一はちょっと首を捻ってから、答えた。

「いや、長次郎兄さんとは二ツ目通りの角で別れやしたよ。ちょっと機嫌が悪くて、一人で飲んで帰るとかで。相生町辺りの居酒屋へ行ったんじゃありやせんかね」

「ふうん。さては、あの日の昼に、俺が鏡台の仕上げについて叱ったのが気に入らなかったんだな」

覚蔵が渋い顔になり、弥一は、さあそいつはどうでしょうと、如才なくかわした。

覚蔵は、仕事に一切手を抜かない男と聞いているが、その通りらしい。

「しかし、三晩続けて長屋へも帰ってねえってのは、さすがに気になるな。あいつの両親はもう死んでるから、他に帰るところはねえはずだが」

覚蔵は顎を掻いてから、お美羽に聞いた。

「長屋じゃ、揉め事なんかなかったのかい。あいつが帰りにくくなるような」

「いえ、そんなことは。隣の小間物の職人さんと仕事の約束をしてたくらいですから」

覚蔵は思案するように天井を見上げ、「竪川に土左衛門があがったって話も聞かねえしな」などと物騒なことを呟いてから、弥一に言った。

「お前、長次郎の女についちゃ、知ってるか。ほれ、この夏だったか、大揉めに揉めたろう」

「ああ、あのことですか」

弥一は苦笑し、ちらりとお美羽の方を見た。話していいものか、迷うような格好だ。

「女絡みで、何かあったんですか」

　お美羽の方から尋ねた。大揉め、と言うなら大家としても知っておきたい。弥一は覚蔵が頷くのを待ってから、話した。

「相手は両国の飯屋の女でしてね。正直、さして別嬪ってわけじゃねえんだが、どうも長次郎兄さんとウマが合ったようで。兄さんの方はだいぶ本気だったみたいですが、相手はそこまでの気はなくて。他に男がいたんですよ。で、それを知った兄さんが怒って相手の男と喧嘩に」

「長次郎さんの独り相撲だったんですね」

　お美羽は、しょうがないなと思った。もてない割に惚れっぽい長次郎なら、ありそうなことだ。

「で、その騒ぎで向こうの男もその女と別れちまったようで」

　飯屋の女にとっては、災難みたいなものだ。そこで覚蔵が口を挟んだ。

「それでだ、焼け木杭に火、じゃねえが、もしかしてよりを戻して、その女のところに転がり込んだりしてねえかと、な」

「それは……どうでしょう」

あまり当てにできない話だな、とお美羽は思った。

「ちっと無理筋の話だろうってのはわかってるが、他に心当たりもねえしな」

覚蔵は仕方なさそうな言い方をして、また弥一の方を向いた。

「お前、その飯屋を知ってるだろ。仕事が終わったら、一応その女を当たってみちゃくれねえか」

「へい、承知しやした」

弥一はすぐに引き受けた。

「あの、済みません。私も行っていいですか」

お美羽が言うと、覚蔵と弥一は顔に驚きを浮かべた。

「あんたも行くってのかい」

「ええ。店子のことは、やっぱり気になりますし」

店賃のことだけではない。長次郎に何が起きているのか、どうしても知りたくなった。

「俺は構いませんが……」

弥一が承知したので、覚蔵も「まあいいか」と頷いた。

「じゃあ、七ツ（午後四時頃）にここへ来ておくんなさい。一緒に行きましょう」

弥一が笑みを見せ、お美羽は喜んで「はい」と答えた。


結果は、さんざんだった。

両国の飯屋の女はおときと言い、すぐに見つかった。器量は十人並みだが愛想のいい娘で、これなら長次郎でなくともその気になるかも、と思えた。ところが、長次郎の名を出した途端、おときが豹変した。あの大馬鹿のおかげで男と別れる羽目になり、酷い目に遭ったんだと喚き出したのだ。長次郎に会ったら八つ裂きにしてやると言われ、お美羽と弥一はおときに塩を撒かれながら、ほうほうの体で逃げ出した。

両国橋まで走って、二人並んではあはあと息をつきながら、これは駄目だとぼやいた。

「あの有様じゃ、長次郎兄さんがおときさんのところに転がり込むなんて、逆立ちしてもありそうにないですね」

弥一が頭を掻いて言う。

「もし間違って転がり込んだら、今頃大川に浮いてるでしょうね」

お美羽が返すと、弥一は「違(ちげ)えねぇ」と笑った。

「長次郎さんって、女付き合いが下手なんですかね」

「そうですねえ。こう言っちゃなんだが、兄さんはそっちの方は、とんと不器用でしたねえ。何度も女に惚れて、口説きには行くんですけど、片っ端から肘鉄って寸法で」

「長屋でも浮いた話は耳にしてませんけど、今思えば春から夏にかけては、何だか浮かれていたような」

「ちょうどおときさんにご執心だった頃ですね。すっかり勘違いしてたんだな。兄さんも気の毒に」

弥一は腕組みして、同情するような顔になった。長次郎を馬鹿にするような様子はない。

「長次郎さんて、仕事の方はどうなんです」

聞いてみると、弥一の表情が明るくなった。

「腕はいいですよ。仕事を受ければ、きっちり注文通り、寸分の狂いもなく仕上げます。同じものを二つ三つ作れと言われたら、一寸の百分の一も差が出ないように作っちまうんで。俺はまだ、それほどの仕事はできねえ」

弥一の口調からは、長次郎への素直な尊敬の念が感じられた。真っ直ぐな人なんだな、とお美羽は好感を持った。

「そんな長次郎さんでも、覚蔵さんには叱られるんですねえ」

ああ、と弥一が頷く。

「三日前に叱られたって話ですね。いや、兄さんの仕事が良くなかった、ってぇわけじゃねえんだが」

ここで弥一は少し思案してから、続けた。

「親方が前にちらっと、兄さんのことを言ってたんですがね。あいつは腕は頗るいいが、杓子定規過ぎる、ってんですよ」

「それって、堅物だってこと……じゃないですよね」

「ええ。ちょっと違って、何て言いますかね……工夫がない、ってことらしいんですよ」

「工夫、ですか」

か。

「言い換えると、自分なりの新しい何かを作ろうって気概が足りねえ、と」

「ああ……何となくわかります」

たぶん、覚蔵の真似をするばかりでは大成しない、ということなのだろう。言われてみればなるほどと思うが、長次郎はそれをしっかり胸に刻めていないのだろうか。

「親方の中には、余計なことは考えず、何もかも自分のやる通りにしてりゃいい、って人もいますがね。うちの親方は、弟子は師匠を越えてこそ一人前だ、ってぇお人なんで」

「まあ。それはとってもいいことですね」

弟子が自分より腕を上げるのを嫌がる職人は確かにいる。だが、覚蔵は弟子を育て上げるのに信念を持っているらしい。立派な親方だ、とお美羽は思った。

「ええ。俺たちは、覚蔵親方の下につけて良かった、と本当に思ってます」

そう語る弥一の目は、きらきらと輝いていた。

長次郎は、七日経っても帰って来なかった。あいつだっていい大人なんだから、そう気を回さない方がいいよ、などと呑気に構えていた欽兵衛だったが、さすがにそわそわし始めた。

「幸右衛門さんのところに話しておいた方がいいかねえ」

「そうねえ。何かあってからじゃ遅いかもね」

お美羽にそんな風に言われて、欽兵衛はますます困った顔になった。

「喜十郎親分にも出張ってもらおうか」

喜十郎は界隈の岡っ引きで、南六間堀に住んでいる。お美羽たちとは親しい仲で、この秋口にも大きな捕物で関わりがあった。しかし、ただ姿を見せないだけの男を、心当たりも手掛かりもなく捜してほしいと言っても、応じてはくれまい。謝礼をうんとはずめば別だろうが、そこまでしようとは思わない。

「今はまだちょっと、どうかなあ」

首を傾げると、欽兵衛もすぐ「そうだな」と頷いた。やはり、できるだけ大事にはしたくないのだ。

欽兵衛はその日のうちに幸右衛門のところに行ったが、幸右衛門は「それは心配なことですねえ」と言っただけだったそうだ。欽兵衛は幸右衛門に話したことで安心したのか、それ以上は何もしなかった。

そのままずるずると、さらに三日過ぎた。十日目になったとき、突然騒ぎが起きた。

「お美羽さん、お美羽さん、ちょっと来て」

朝早くからお喜代の大声が響き、お美羽は朝餉(あさげ)の支度をする手を止め、菜切り包丁を置いて飛び出した。

「お喜代さん、何事なの」

縁先に駆け付けてきたお喜代の慌てた様子に、お美羽は驚いて尋ねた。

「長次郎さんだよ」

まさかホトケが見つかったと言うのではあるまいな。お美羽は緊張した。

「長次郎さんがどうしたの」

「帰って来てるんだよ」

「えっ、帰ったの」

十日も家を空けて、今帰ったというのか。やれやれ、何て人騒がせな。だが、お喜代の顔を見ると、安堵している風ではない。

「それで、長次郎さんは無事なの」

「うん、怪我はなさそうだけどさ……」

お喜代はそこで少し口籠もってから、言った。

「どうにも様子がおかしいんだよ」

三

お美羽はすぐ、お喜代と一緒に長次郎の家に行った。障子に手を掛ける前に、お喜代に小声で聞く。

「どうおかしいの」

「それがさ、家に入ったのはわかったんだけど、声をかけても返事がないし、閉じこもったままなんだよ」

それは確かに気になる。お美羽は障子を叩いてみた。

「長次郎さん、長次郎さん、帰ったの？」

返事はない。もう一度叩こうかと思ったが、無駄だと思い、そっと障子を開けた。

長次郎は、中にいた。六畳の隅っこに丸まり、膝を抱えて座り込んでいる。気配に気付いたらしく、ゆっくり顔を上げた。その顔を見て、お喜代が「ひっ」と短い悲鳴のような声を上げた。お美羽も、ぎょっとした。

長次郎の顔からは生気が抜け、目もどんよりと曇っている。僅か十日で頬はこけ、無精ひげが顔の下半分を覆っていた。まるで幽霊か、重病人だ。

「ちょ、ちょっと長次郎さん、いったい何があったの」

お美羽が息を呑んで聞くと、長次郎はぼそぼそと声を発した。少なくとも、生きてはいるようだ。

「あ、ああ、お美羽さんとお喜代さんか。済まねえな」

「済まねえじゃないわよ。今までどこにいて、何をしてたの」

「まあ……ちょっといろいろあってな。心配かけたみてぇだな」

答える声には、張りが全くなかった。

「いろいろって、そんなにやつれて……どういうことか、話してよ」

「やつれてる……そうか。そう言や、顔も剃らなきゃな」

長次郎はのっそりと立ち上がり、落ちていた手拭いを拾い上げた。

「ちょっと、湯に行ってくらあ」

よろけるような足取りで戸口に来ると、三和土（たたき）に足を下ろして草鞋（わらじ）を履き、傍らにあった桶を取った。何もかも、ひどく緩慢な仕草だ。普段の長次郎とは、全然違う。表に出ようとするのを、お美羽とお喜代は思わず身を引いて通した。

「長次郎さん、あんた、本当に大丈夫？」

「うん？　ああ、ああ、もちろん大丈夫だ」

およそ大丈夫とは思えない声音で言い、長次郎はふらふらと長屋を出て行った。本当に湯屋に行くようだ。お美羽とお喜代は顔を見合わせた。

「いったいどうしたってんだろう」

お美羽が言っても、お喜代は黙ってかぶりを振るばかりだった。

「長次郎が帰って来た？　おお、そりゃあ良かった。何か厄介なことに巻き込まれたんじゃないかと、心配してたんだが」

欽兵衛は、やれやれとばかりに人好きのする笑みを浮かべた。早速会いに行こうとするのを、袖を引いて止める。

「それがどうも、厄介なことになってる感じが」

「何だって？」

怪訝な顔をする欽兵衛に、お美羽は見た様子を話した。欽兵衛の笑みが、忽ち消える。

「そんなにやつれてるのか。病じゃないのかね」

欽兵衛は話を聞くと、憂い顔になって首を傾げた。

「病じゃないとは思うんだけど。何て言うか、凄い悩み事を抱えたような」

「ふうん。そんなにひどい有様じゃ、放っておくわけにもいかないが、本人から話を聞かないことにはどうしようもないねえ」

欽兵衛は眉間に皺を寄せる。

「それじゃあ、仕事にも行けないんじゃないか」

「あの様子じゃねえ。先月分の店賃もまだ貰えてないし、困るわ」

「店賃なら、落ち着くまで待ってあげても」

「お父っつぁんたら、またそんな。このまま仕事しないで家に籠もっちゃったら、ずうっと店賃が貰えないよ」

「それは困るが、何か辛い目に遭っているなら、催促するのもねえ」

相変わらず人が好過ぎる欽兵衛に少し苛立ったので、お美羽は畳を平手で叩いた。

「お父っつぁん、駄目よ。頂くものはちゃんと頂かなきゃ。とにかく長次郎さんのことは、私が何とかするから」

また難しいことに首を突っ込むのかい、という欽兵衛の苦言を背中に、お美羽は表に出た。取り敢えず、長次郎のことを覚蔵と弥一に伝えておかねば。

二ツ目通りに曲がろうとしたところで、後ろから「お美羽さん」と声をかけられた。振り向くと、貸本屋の間口から山際が半身をのぞかせていた。お美羽の胸が、また微かにちくりとする。

「山際さん、これから手習いですか」

「うん、用意をしているところだったんだが、長次郎が帰って来たようだね。さっき姿を見たよ」

「ええ、今朝早く帰ったみたいなんですが……」

お美羽はどうしようかと思ったが、すぐに知れてしまう話だし、厄介事で頼りにできるのは、やはり山際だ。かいつまんで、見たままを話した。

「そうか。そいつは妙だな」

山際は、眉間に皺を寄せている。

「さっき長次郎を見たのは、湯屋から帰って来るところだった。あいつが朝風呂とは珍しいし、どうも足元が定まらないほどぼうっとしていたから、変だと思ったんだ。酔っている風でもなかったしな」

「はい。何だかまるで、とても恐ろしい目に遭ったかのようで」

「恐ろしい目か。なるほど、いかにもそんな様子だな」

山際は、思案するように顎に手をやって、頷いた。

「とにかく私は、親方の覚蔵さんのところに知らせてきます」

「うん、それがいい。何か厄介なことになりそうなら、いつでも言ってくれ」

お美羽は山際に礼を言って、その場を離れた。いろいろ思いはあるが、やはりこんな時に一番頼りになるのは、山際だった。

覚蔵は、話を聞くなり不機嫌になった。

「長次郎の野郎、さんざん心配かけやがって、挨拶もなしかい」

覚蔵も長次郎のことはだいぶ気にかけていたようだが、一旦安堵すると、苛立ちがこみ上げてきたようだ。

「まあまあ親方、何があったのかわからねえうちは……」

弥一が宥めに入ったが、覚蔵は吸っていた煙管を盆に叩きつけた。

「だから、何があったのかてめえで話しに来て、詫びを入れるのが筋ってもんだろうが。大家さんの娘さんを煩わして家に閉じこもってるなんざ、一人前の男のすることっちゃねえ」

「ごもっともですけど、様子がちょっと普通じゃないもんですから」

お美羽も言い添えると、覚蔵は、ふんと鼻を鳴らしてから弥一に怒鳴った。

「おい弥一。お美羽さんと長屋に行って、長次郎の奴を引っ張って来い。四の五の言いやがったら、ぶん殴れ」

「いや、親方、そんな……」

お美羽が困って止めようとすると、覚蔵は少し語気を緩めた。

「本当に具合が悪いなら、医者に連れてけ。このまま放っておくわけにもいかねえ」

「承知しやした。行って参りやす」

弥一は、ほっとしたように立ち上がった。


入舟長屋に戻ると、おかみさんたち四、五人と栄吉が、長次郎の家を遠巻きにする形で集まって、ひそひそと話し合っていた。弥一を連れたお美羽が近付くと、皆が話を止めて動き、さっと二人を取り囲んだ。栄吉が言う。

「お美羽さん、やっぱり変だぜ。長次郎の奴、湯屋から帰って閉じこもったきり、声も出さねえんだ」

「そうなんだ……あ、こちら、長次郎さんの弟弟子の弥一さん」

弥一が「どうも」と頭を下げると、おかみさんたちが挨拶を返しながら目を瞬いた。長次郎とはかけ離れた二枚目なので、驚いているのだろう。

「もしかして、何も食べてない？」

「あ、ああ、そうみたいだねえ。酒は飲んでるようだけど」

お喜代が、弥一に釘付けになったまま答えた。お美羽は苦笑して弥一を促し、長次郎の家の障子を叩いた。

「長次郎さん、入るよ」

返事はどうせないだろうと思い、勝手に障子を開けて弥一と一緒に土間に足を踏み入れた。

長次郎は今朝と同じように、部屋の隅っこで背中を丸めていた。今朝と違うのは、髭を剃っているのと、酒の大徳利と欠けた茶碗が傍らに転がっていることだ。湯屋の帰りに酒を買い、ずっと飲んでいたらしい。

「兄さん！」

やつれ果てた様子に度肝を抜かれたか、弥一が大声を上げて畳に飛び上がり、長次郎に駆け寄った。

「いったいどうしたんです。こんなになっちまって。何があったんです」

肩を掴み、揺さぶるようにして問いかけた。長次郎は目が霞んでいたようで、弥一と気付くまでに少し間があった。

「ああ……なんだ、弥一か」

「弥一か、じゃねえですよ。十日も姿を消してたと思ったら、こんな有様だ。さあ、どういうことなのか話して下せえ」

弥一は長次郎の前に座って顔を寄せ、問い詰めた。が、長次郎は目を逸らした。

「何もねえ。何もねえんだ」

「何もねえわけがねえでしょう。兄さんが十日も仕事を放っぽり出すなんて、あることじゃねえ。親方も、腹の底から心配してるんだ。頼むから、話して下せえよ」

「うるせえな。何もねえったら、ねえんだ」

「何もないのに、どうしていなくなっちまうんです」

「……仕事が嫌になったのさ」

「はァ?」

弥一は目を丸くしたが、すぐに怒ったような顔になった。

「馬鹿言っちゃいけねえ。兄さんは誰より、仕事に自信を……」

「もう言うな!」

長次郎が怒鳴って、そっぽを向いた。弥一がさらに畳みかけて言おうとするのを、手で遮る。

「もう帰れ」

「けど兄さん」

「いいから帰れ！　もう放っといてくれ」

「そう言われたって……」

そこでお美羽は、弥一の袖を引いた。

「弥一さん、出ましょう」

いや、しかし、と言いかける弥一を、有無を言わさない勢いで引っ張る。弥一はお美羽に引き摺られながら、長次郎に「またすぐ、来やすからね」と大声で言った。長次郎は、振り向きもしなかった。

外に出たところで、山際と鉢合わせした。お美羽は、はっとして立ち止まる。

「ああ、済まん。手習いが終わったので、様子を見に来たら声が聞こえたんでな」

山際は弥一に顔を向けた。

「長次郎の弟弟子だそうだな。何かと大変だろう」

「へい。恐れ入りやす」

「ちょっと入らせてもらっていいかな」

山際はそう言うなり、障子を開けた。お美羽と弥一は、一旦出たものの山際についてもう一度長次郎の家に入った。

「長次郎。邪魔をするぞ」

山際の声を聞いて、長次郎はびくっとしたようにこちらへ顔を回した。が、黙ったままだ。山際は前置きもなしに、いきなり言った。

「お前、誰かに脅されているのか」

長次郎は、誰の目にもわかるほど動揺した。

「おっ、脅されてるって、何でそんな」

「脅されてるんだな」

山際は、決めつけるように繰り返した。お美羽は、驚いて山際と長次郎を交互に見た。

「い、いや、そんなことはねえ。脅されてなんか、いねえ」

答えるまで、一瞬の間があった。山際は言い返さず、じっと長次郎を見つめている。

「だっ、旦那、悪いが出てってくれ」

山際の射貫くような目に耐えられなくなったか、長次郎が喚いた。

「そうか」

山際は、それ以上聞くことなく、長次郎に背を向けた。お美羽と弥一は、何も言えないまま山際と共に外に出た。

「二人とも、ちょっと寄っていかないか」

山際は、自分の家を目で示した。お美羽と弥一は、異存なく従った。おかみさんたちは、ずっと眉をひそめながらこちらを見ている。


山際の家で三人は、額を寄せ合った。他の家より多少広いとはいえ、一間しかないことに変わりはないので、千江は気を利かせ、香奈江を連れて出て行った。お美羽は恐縮しながらも、山際の考えをまず聞きたかった。

「山際さん、長次郎さんは脅されているんでしょうか」

お美羽が促すように聞くと、山際は頷いた。

「あの様子では、間違いあるまい。カマをかけてみたのだが、図星だったな」

「でも、誰に。どんなネタで」

弥一は得心がいかないようで、しきりに首を捻っている。

「それはわからん。お前の方にも、思い当たることはないんだな」

「へい。女絡みで揉めたことはありやすが、とても脅しのネタになるような話じゃ」

「弥一さんや覚蔵親方が知らないところで、他所の女に手を出して厄介なことになったんじゃありませんか」

お美羽は言って見たものの、そんな尋常なことではあれほど怯えまい。山際も弥一も、賛同しなかった。

「まるで命に関わるような怯え方だ。余程恐ろしい目に遭ったと見える」

「旦那の言われる通りですね。見ちゃいけねえものを見たとか、関わっちゃいけねえことに関わったとか」

弥一が考えながら言う。

「でも、そんなことで脅されてるなら、お役人に訴えればいいでしょう」

お美羽が疑念を挟むと、山際が言った。

「訴え出られない事情があるのかもしれんな」

「見たことを喋ったら殺す、ってなわけですかい。でも長次郎兄さんなら、そんな脅され方をしたら却って暴れ出しそうな気がしまさァ」

「私もそう思います。あれはそういう風な怯え方じゃない。たとえて言うなら、脅しそのものに脅えるのではなく、後悔の念に押し潰されそうになっている、そんな気がしました」

「なるほど。お美羽さんの言う通りかもしれんな」

山際は一度頷いてから、言った。

「すると、あいつは何を後悔しているのか、だ」

「姿を消していた十日間、長次郎さんは何をやってたんでしょう。全てはそこにあると思いますが」

お美羽が言うと、弥一が膝を打った。

「それですよ。十日も帰れなかったってのは、江戸を離れてたか、でなきゃ閉じ込められてたか、だ。まさか竜宮城みてえに、居心地が良過ぎて動けなかった、ってなことはねえでしょう」

うーむ、と山際が唸る。

「十日前、長次郎が仕事場を出てからの足取りを追ってみるか。今できるのは、それしかあるまい」

山際は、表で香奈江を遊ばせていた千江に、ちょっと出てくると言い置いて長屋を出た。お美羽と弥一は、その後に続いた。

「で、長次郎は仕事場を出た後、一人で居酒屋に入ったのか」

歩きながら、山際が弥一に聞いた。

「たぶん。もっと早くに店を捜して確かめておきゃあ良かったんですが」

弥一は済まなそうに言う。

「まあいいさ。心当たりの店はあるか」

「へい。相生町五丁目の福久か、二丁目の釣瓶屋だと思いやす」

どちらも竪川沿いで、亀沢町の仕事場からの帰り道を一町（約百九メートル）か二町、横に逸れるだけだ。弥一が案内し、三人はまず福久に向かった。

店は昼飯時がちょうど終わったところで、幸い空いていた。三人とも昼餉がまだだったので、焼いた干物と豆腐汁がある、と聞き、注文した。欽兵衛は、今日は南六間堀のご隠居と蕎麦を食べに行くと言っていたから、ちょうどいい。

食べ終わると、山際が亭主を呼んだ。白髪頭の六十過ぎの店主は腰が低く、唐突な問いにも嫌な顔をしなかった。

「ああ、亀沢町の覚蔵さんのところの、長次郎さんね。十日前？　さて、どうでしたかなあ」

亭主は年のせいか、愛想がいいだけで覚えは良くないようだ。

「たぶん、来てないと思うがねえ。いや、来たかな。湯豆腐で飲んでたような……いや、ありゃあ長之助さんか。ええっと、長次郎さんだよね。来たのは十四日くらい前だっけ。いや、五日前だったたか……」

これはあやふや過ぎて駄目だ、と思い、お美羽たちは早々に引き上げた。釣瓶屋も同様なら、話は振り出しだ。

釣瓶屋に行くと、亭主が暖簾を下ろすところだった。山際が声をかけると、これから晩の仕込みに入るんだが、と迷惑そうな顔をされた。そこへお美羽が出て、手間は取らせませんからと頼み込んだところ、亭主は態度を変えて、まあどうぞと三人を招じ入れた。

「さすがですね。お美羽さんみたいな綺麗な人が頼むと、一発だ」

弥一が小声で言う。何を言ってるの、などと返すが、弥一のような男前から綺麗だと言われると、ついつい頰が緩んでしまう。

「覚蔵親方んとこの長次郎さん？　十日前だって？」

善吉という四十絡みの亭主は、話を聞いてすぐに思い出してくれた。

「ああ、確かに来ましたよ。一人で飲んでましたがね」

「ずっと一人だったんですか」

善吉の「一人で」という言い方に何か含みがあるような気がして、お美羽は聞いてみた。

「初めはね。けど、途中で女と一緒になったんですよ」

善吉はニヤリとした。

「女？」

「ええ。そっちも一人で来て飲んでたんだが、いつの間にか長次郎さんと並んで飲み出して、最後は二人で連れ立って、出て行きましたねえ」

その後はお楽しみだったんでしょう、とばかりに、善吉はくっくっと笑った。

「どんな女でした」

弥一が、勢い込んで聞いた。

「ええ、年増のずいぶんいい女でしたよ。紺地に紅葉を散らしたような着物だったね。ありゃあ素人じゃない。芸者上がりか何かでしょう。ちょいと羨ましかったねえ」

「年増の美人、ねえ」

善吉が長次郎が来たのをはっきり覚えていたのは、その女のせいに違いあるまい。しかしいったい、何者だろう。

「その姐さんは、よく来るんですかい」

「いや、初めてだね。あれだけの女なら、前に来てれば間違いなく覚えてるさ」

お美羽は内心、首を傾げた。女が初めての店に一人で飲みに来る、というのは、そうあることではないだろう。何か事情があったのかもしれない。

「その二人、一緒に出たんだな。どっちへ行ったかわかるか」

山際が聞くと、善吉は首を捻った。

「いや、どっちへ行ったかまでは。忙しかったんで、店の表まで見送ったりしちゃいませんからねえ」

それは仕方がない。竪川沿いを東西に歩いてみて、要所で聞き込んでみるしかないか。そう思ったとき、善吉が言った。

「そうだ。確か、舟って言葉が聞こえましたよ。それで、今時分に舟遊びとは乙なもんだと思ったんです。今、思い出しました」

　お美羽たちは、揃って眉を上げた。この寒空に、舟遊び？


　善吉に礼を言って釣瓶屋を出たお美羽たちは、竪川沿いに大川の方へ向かった。舟に乗ったなら、東の亀戸村（かめいどむら）へ行くより大川へ出るだろう、と思ったからだ。

「冬場に入ったのに、吹きさらしの小舟ということもあるまい。乗ったなら、屋形舟だろうな。見た者がいるかもしれん」

　山際の言う通り、夏場と違って夜に出ている舟は少なく、この辺から屋形舟を出したなら、気に留めた者がいるだろう。

「ここらで舟を待たせていたなら、一ツ目之橋辺りですかねえ」

　弥一が言って、少し先の橋を指した。二、三艘の舟が舫われているが、いずれも屋形舟ではなく、猪牙舟（ちょきぶね）で、小口の荷運びに使っているようだ。船頭らしいのが橋の袂に座って煙草をふかしていたので、声をかけてみた。

「十日前だって。そんなに前じゃァ、覚えがねえなあ」

船頭の答えはにべもない。

「それに、俺たちは昼間しか来ねえ。日が暮れてからなら、そこの饂飩屋で聞いてみな」

船頭が角の店を煙管で指したので、その暖簾をくぐった。

店主の答えは、船頭よりもいくらかましだった。

「十日前、ねえ。そう言えば、屋形舟が一艘、いましたね。夏場じゃないんで、そうそう目にしませんから、覚えてます」

「それは何刻くらいのことでしょう」

お美羽が聞くと、店主は首を傾げた。

「さあ。うちは五ツ半（午後九時頃）に閉めるんで、それより前なのは間違いないですがねえ」

「誰か乗るところは、見ちゃいやせんか」

弥一が勢い込んで言ったが、店主は苦笑を返した。

「ずっと見張ってるわけにいかんでしょうが。店を閉めた後で見たら、舟はいなくなってましたよ」

弥一は落胆した顔になったが、店主にそれ以上を求めるのは無理というものだ。お美羽たちは、何か思い出したら入舟長屋まで知らせて下さいと頼み、その場を去った。

「これで手詰まりですかねえ」

お美羽は肩を落とした。弥一はまだ諦めたくなさそうだ。

「屋形舟がいたのは間違いねえんだ。船宿を当たってみるわけにゃあ、いきませんか」

「それは難しいな。船宿は客のことに関しては口が堅い。御上の御用でなければ、心当たりがあっても喋るまい」

山際が言った。お美羽と山際は、この夏の終わりに小間物屋が絡む一件で船宿に聞き込みに行ったが、あのときは岡っ引きの喜十郎が一緒で、十手の威光で話を引き出したのだ。十手なしでは同じようにはいかない。

「お美羽さん、そろそろ喜十郎親分に話してみてはどうかな」

「そうですねえ……言っておいた方がいいですかね」

お美羽は、喜十郎が耳を貸すだろうかと少し思案したが、弥一が訴えかけるような目で見てくる。それには抗(あらが)えず、お美羽は「わかりました、そうしましょう」と頷いた。

# 四

南六間堀の家まで出向き、一通り話はしてみたものの、懸念した通り喜十郎は乗ってこなかった。

「居酒屋で女と出会ってから十日も姿を消してたんだろ。そりゃあ、その女と十日過ごして、揚句におっ放り出されたってわけだろうが」

喜十郎は、馬鹿馬鹿しいとばかりに鼻を鳴らした。

「でもねえ、帰ってきてから閉じこもったままで、何か怖がっているような……」

「そいつは頗るいい女だったんだろ？　すっかり惚れて骨抜きにされてから、手酷く振られたんじゃあ、おかしくもなっちまわァな」

情けねえ男だぜ、と喜十郎は角張った顎を撫でる。お美羽はどう言ったものか、考えた。長次郎の様子は、喜十郎が言うようなものとは違っていると思うのだが、直に見ていない喜十郎に得心させるのは難しそうだ。それに、喜十郎の単純な解釈の方が、世間の人たちにはずっとわかりやすい。

粘っても駄目だな、と思ったお美羽は、「じゃあもっと何かわかったら、相談に乗って下さい」と言い置いて、引き上げることにした。喜十郎からは、「ああ」と気の抜けた返事があっただけだった。

「そうか。やっぱり喜十郎親分は動いてくれないか」

家に帰ってお美羽が話すと、欽兵衛は、そうだろうなという風に何度か頷いた。口調からすると、欽兵衛も半ばは喜十郎の解釈に賛同しているようで、お美羽はちょっと苛立った。

「お父っつぁん、大事な店子のことなんだから、もっとちゃんと考えてよ」

「えっ、いやもちろん、ちゃんと心配しているよ」

欽兵衛は慌てて言ったものの、どうすればいいのかという考えはないようだ。お美羽がもうひと言喋りかけたとき、表から呼ばわる声が聞こえた。

「すいやせん、お邪魔しやす。弥一です」

「ああ、はい。こっちへ回って」

弥一は長屋の側から庭先へ入って来た。喜十郎のところから帰る頃合いを見計って来たらしい。早速「どうでした」と聞くのに、お美羽は「ご免なさい」と頭を下げた。

「喜十郎親分たら、男と女の揉め事に首を突っ込むほど暇じゃねえ、って調子で」

喜十郎の見立てを話してやると、弥一は苦々しい顔になった。

「長次郎兄さんは、そんなことぐれえでおかしくなったりしやせんよ。振られることなんざ、兄さんにとっちゃ当たり前の話だ」

これでは、肩を持っているのかけなしているのかわからない。お美羽は笑いそうになるのを抑えた。

「困りましたねえ。兄さんが喋ってくれない限り、これ以上どうしようもねえや」

弥一は思案投げ首の様子だ。二枚目の憂い顔には、なかなか惹かれるものがあるな、などと思いつつ、お美羽は言った。

「実はね、ちょっと考えてることがあるんだけど」

その晩、お美羽は林町の居酒屋の向かいにある天水桶の脇に立って、店の様子を窺っていた。店の中では弥一と、無理やり引っ張り出された長次郎が飲んでいる。長次郎の酔いが回り、潮時と思ったところで弥一が外で待つお美羽に合図し、それを見てお美羽が店に入って行く、という段取りになっている。

さて、うまく行くだろうか。自分で考えてはみたものの、果たして思惑通りになるかどうか、さっぱり自信はなかった。とは言っても、他に手立ては思い付かないので、何もしないよりはましだ。

一番難しいのは、長次郎を家から引っ張り出すことだった。何かに脅えて閉じこもっている男を連れ出すのは、一番仲のいい弥一にしても手こずるだろうと思われたのだ。そこは弥一が頑張り、酒でどうにか気を紛らわせている長次郎を、もっと飲みましょう、外で飲んだ方が気が晴れます、自分が奢りますと懸命に口説いて、どうにかこの店まで連れて来たのである。本当は釣瓶屋に行きたかったのだが、そんなことをしたら長次郎が逃げ出すだろう。

四半刻も待ち、何度か男に声をかけられそうになっていると、店の縄暖簾をかき分けて、弥一が手招きした。お美羽はすぐに動き、店に入った。

長次郎は背中を丸め、膳に突っ伏しそうになりながら何かぶつぶつ言っていた。酔いが相当回っているようだ。お美羽は弥一に頷いて長次郎の傍らに座った。

「ちょいとお兄さん、どうしたの。だいぶご機嫌だねえ」

玄人っぽい声を出してにじり寄り、徳利を持ち上げた。

「さあお兄さん、あたしと飲みませんか」

徳利を長次郎の鼻先に出し、手で肩を撫でた。長次郎が、びくっとする。

「な、何だ。誰だ、あんた」

長次郎はそうっと顔を上げた。案の定、すっかり酔って朦朧とし、お美羽の顔も見分けがつかないようだ。

「誰でもいいじゃないか。さ、どうぞ一杯」

盃を差し出すよう促してやると、長次郎は「ああ」と唸って盃を手にした。が、そこで改めてお美羽を見て、いきなり「ひいっ」と声を上げ、盃を取り落とした。近くにいた客が、驚いてこちらを見る。

「お兄さん、どうしたの……」

お美羽が問いかけた途端、長次郎は飛び上がり、転がるようにして表に駆け出した。

「兄さん！」

他の客や店主が呆然とする中、弥一が慌てて後を追った。お美羽も続いて飛び出す。ちょっと薬が効き過ぎたか、とお美羽は焦った。

通りに出た長次郎は、二十間（約三十六メートル）も行かないうちに足をもつれさせ、川べりの柳の根方に倒れ込んだ。そのまま立ち上がれない様子で、うずくまったまま震えている。お美羽と弥一は、その脇に駆け寄って片膝をついた。

「ちょっと長次郎さん、大丈夫？」

お美羽は玄人女を演じるのをやめ、長次郎の背中をさすった。

「どうやらお美羽さんのその格好、ぴったり嵌まっちまったみたいですねえ」

困惑顔の弥一が、お美羽の着物を示して言った。お美羽は改めて自分の着物に目をやる。それは古着屋を駆け回って見つけてきたもので、紺地に紅葉が散っていた。釣瓶屋の善吉が、十日前の夜、長次郎と一緒になった女がそんな着物を着ていたと言ったので、同じようなものを捜したのだ。

お美羽も困惑した。長次郎に酒を飲ませ、件の女と同じ格好をして誘いをかければ、自然と十日前の晩にあったことを口にしてしまうのでは、と考えたのだ。長次郎がこんなに激しく取り乱すとは、思ってもみなかった。

「しっかりしてよ、ほら、私だから」

長次郎の肩を揺さぶり、こちらを向かせた。長次郎は青ざめた顔を上げ、お美羽を見た。途端にまた、悲鳴を上げた。

「うわあああ！　お、俺が悪かった。成仏してくれぇ。お願いだ」

長次郎は頭を抱え、地面に顔を押しつけた。お美羽と弥一は啞然として、声を失った。

「何だって。長次郎がそんなことを口走ったのか」

翌朝、お美羽が前夜の長次郎の有様を話すと、山際は顔を曇らせた。

「そうなんです。もう、大変でした」

お美羽は昨夜の騒ぎを思い出して溜息をついた。長次郎はしばらく起き上がれず、気味悪がって遠巻きにする通りがかりの人たちを気にしながら、弥一がどうにか抱え上げて入舟長屋まで連れて行った。あんたの姿を見るとまた暴れるから、と弥一に言われ、お美羽は五間（約九メートル）ほども離れてついて行くしかなかった。

「成仏してくれとは、穏やかじゃないな」

「どなたか亡くなったのですか」

千江が横から、そうっと聞いてきた。考えたくはないが、成仏と口走ったからには、そういうことだろう。山際は千江を安心させるように、大丈夫、お前は気にしないでいいと告げた。

「お美羽さん、長次郎はどうしてる」

「家で布団被ってます。弥一さんが付いてますけど」

弥一も、仕事どころではなくなったようだ。

「これは、嫌でも問い質すしかないな」

山際は厳しい顔をして立ち上がった。

お美羽と山際は、長次郎の家の前に立って障子に手を掛けた。おかみさんたちがただならぬ様子に気付き、井戸端からこちらを窺っている。

「長次郎さん、弥一さん、入りますよ」

障子を開け、土間に踏み込んだ。奥の縁側の方は雨戸が閉められたままで、部屋の中は薄暗い。隅っこに布団の塊があって、その脇に弥一が座り込んでいた。

「どんな具合？」

お美羽が尋ねると、弥一が首を振る。

「昨夜帰ってから、ずうっとこの調子で」

山際が、仕方ないと呟いて布団を掴み、持ち上げた。まだ青ざめている長次郎が、おずおずと顔を出す。目は真っ赤だ。お美羽はその傍らに座った。

「長次郎さん、昨夜はすっかり脅かしちゃって、ごめんなさい」

昨夜の着物は片付け、今日は小紋入りの瓶覗（かめのぞき）（水色）という、明るめの色合いを着込んでいる。それで長次郎も、お美羽だとわかって落ち着いたようだ。

「ああ……お美羽さんか。俺こそ、済まねえ」

ぼそぼそと言うのを聞いてから、気の毒とは思いつつもお美羽は言った。

「ねえ長次郎さん。もう気が付いてると思うけど、昨夜、居酒屋で声をかけたのは私よ」

長次郎が小さく頷く。

「そのとき、成仏してくれって言ったよね。あれは、どういうこと」

「そ、それは……」

長次郎は唇を震わせた。

「なあ長次郎。辛い目に遭ったらしいが、一人で抱え込んでいても、ますます辛くなるだけだ。話してしまった方がいい。でないと、本当に死んでしまうぞ」

山際が優しい声で言うと、弥一が長次郎の肩を両手で摑んだ。

「兄さん。話して楽になってくれ。俺たちなら、決して悪いようにしねえ。それはわかってるだろう」

長次郎は、腫れた目で弥一を見返した。それから順に、お美羽と山際に目を移し、がっくりと俯いた。

「済まねえ……」

消え入りそうな声で呟く。お美羽たちは、じっと待った。

「取り返しのつかねえことをしちまった」

長次郎は俯いたまま、絞り出すように言った。

「取り返しの……つかないこと」

弥一がそっと繰り返すと、長次郎は力なく頷いた。

「女を……殺めちまった」

お美羽は、ごくりと唾を飲み込んだ。そうじゃないかと思っていたが、長次郎の口から聞くと背筋がぞっとした。

「居酒屋で会った女か」

山際が確かめると、長次郎がまた頷く。

「兄さん、全部話してくれ」

弥一が言った。長次郎は苦し気に、しばし弥一を見つめたが、やがてぽつぽつと話し始めた。

「あの晩、気がくさくさして一人で飲んでたら、知らねえ女に声をかけられたんだ……」

長次郎は、居酒屋であったことを一部始終、話した。

「それから、舟に乗った。炬燵の入った屋形舟だ。それでまた飲みながら、しばらく揺られた」

「どの辺りで舟を下りたか、わかる?」

お美羽が尋ねたが、長次郎はかぶりを振った。

「浅草の奥の方だって女が言ったが、大川から少しばかり入り込んだところ、ってぐれえしか」

長次郎はそこで女と舟から上がり、一軒の家に入ったと言う。

「それで、女に誘われるまま、一緒に閨に潜ったんだが……それから先が、よくわからねえ」

長次郎は唇を嚙んで、頭を振った。

「寝込んじまった、ってことですかい」

弥一が先を促す。長次郎はしばらく黙っていた。どうやら、そこが一番辛いところらしい。やがて口を開いたとき、声が震えていた。

「突然、叩き起こされた。起きてみると、男四人に囲まれてた」

男がいたのか。山際が眉をひそめる。長次郎は震えながら、先を続けた。

「そいつらは俺に、お前さんとんでもねえことをしたな、と言った。俺は何を言ってんだと言い返した。美人局かと思ったんだ。ところがそいつら、俺が女を手にかけた、って言うんだ。何を馬鹿な、と思って横を見たら……」

長次郎は歯を食いしばり、目を閉じた。

「女が……死んでたんだ」

部屋中が、凍り付いたような気がした。

「首に青黒い痣があって、触ったら冷たくなってた。顔は……」

言いかけて、長次郎は首をぶんぶんと振った。思い出したくない、という様子だ。

「だいぶ歪んでたんだな」

山際が小さな声で言った。長次郎が呻き声を上げた。

「お……俺が女の首を……」

長次郎は両手を持ち上げ、全身を震わせた。山際が、その肩に手をやる。

「落ち着け。その後、どうなったんだ」

長次郎はしばらく固まっていたが、意を決したらしく先を続けた。

「男四人は、俺を閨から引き摺り出した。そうして、こう言ったんだ。俺たちの言う通りにするなら、死骸を始末して、今夜のことはなかったことにしてやる、って」

「言う通りに、ですって」

お美羽は目を剝いた。いきなり、話がきな臭くなってきた。

「何をさせられたの」

「ああ……奴ら、俺を隣の家に連れ込んだ。そこで、簞笥を作れって言われたんだ」

「は？　簞笥？」

肩透かしを食らったような気がして、お美羽は目を瞬いた。殺しと簞笥。全然結びつかない。弥一と山際も、啞然としている。

「お……俺も変な話だと思ったんだ。でも、その家にゃ材料も道具も揃っていた。いったいどんな簞笥を、って聞くと、この前、俺と親方で作って高崎屋に納めたのと同じものを作れ、って言うんだ」

「高崎屋？　蔵前の札差の？　先月納めたあの簞笥ですかい」

弥一はその簞笥のことを知っているらしく、驚きを露わにしている。

「いったいどうして……」

弥一を制し、山際が「まず先を聞こう」と言った。長次郎は、その後を話した。

「とにかく、寸分違わずに作れって話で。否も応もねえから、俺は八日かけて一人で箪笥を作った。そうしたら、出来上がったところで部屋に閉じ込められた。頭か誰かが、検分に来たみたいなんだ」

「頭……四人の男には、上がいたのか」

山際が言うと、長次郎は「たぶん」と応じた。

「それから丸一日ぐらい、閉じ込められてた。部屋から出されたときは、夜明けだった。四人がまだいて、俺に用は済んだから帰してやるって言った。それから目隠しされ、また舟に乗せられて、半刻ぐらいしてから下ろされた」

「下ろされたのは、どこだ」

「寺島辺りでした。二十数えるまで目隠しを取るな、この十日のことは一切忘れろ、喋ったらお前は殺しの罪で獄門だ、そう言われたんで」

長次郎はそこまで言うと、首筋に手を当ててまた震え出した。獄門、のひと言が効いているのだろう。

「そこから真っ直ぐ、この長屋に帰って来たわけか」

山際が念を押すと、長次郎は震え声で「へい」と答え、うなだれた。が、ほとんど死にそうだったさっきより、いくらかましな様子だ。胸につかえていたことを吐き出して、少し楽になったらしい。

「よし、わかった。よく話してくれた。後のことは、私たちで考える。しばらくおとなしくしていろ」

山際は長次郎の肩を労うように叩き、お美羽と弥一に「行こう」と目で合図した。お美羽たちは無言で頷き、「長次郎さん、何かあったら遠慮なく声かけて」と言い置いて、長次郎の家を出た。長次郎はまた部屋の隅で丸くなった。後で握り飯でも届けてやろう、とお美羽は思った。


三人はお美羽の家に上がり、欽兵衛も交えて四人で車座になった。長次郎の話はざっと欽兵衛にも伝えたが、殺しと聞いてさすがに顔を引きつらせている。

「これは……お役人に知らせないわけにはいかんでしょう」

欽兵衛は苦渋の表情を浮かべた。長屋から縄付き、しかも獄門など出したくはないが、見過ごしていれば欽兵衛もお咎めを受けかねない。

「お父っつぁん、慌てないで。人殺しは確かに大変なことだけど、どうもおかしいのよ」

そんなことを言っても、と不安を漏らす欽兵衛を制するように、山際が言った。

「確かに、箪笥を作らせるというのがよくわからん。余程特別な箪笥なのか」

弥一は首を傾げる。

「いえ、特別ってことはねえと思いやすが。まあ高崎屋さんは上得意で、値の張る箪笥でしたから、親方と兄さんで作って、仕上げは親方が一人でやってましたね」

「同じ箪笥が欲しけりゃ、普通に正面切って注文すりゃいいのに。どういうことなんでしょう。上得意さんに納めたのと同じものは作っちゃいけないの？」

お美羽の問いにも、弥一はさらに首を傾げる。

「いや、そんなことは。誰それの家の箪笥を見て気に入ったので、同じものをって注文は、たまにありやす。殺しを隠すのと引き換えになんて、ちょっと考えられねえ」

ふうむ、と山際が唸る。

「その箪笥だが、ものを見ないでも、長次郎は全く同じ箪笥を作れるのか」

「へい。普通は図を引いてから木取り、つまり材をどう切り出すかを決めるんですが、兄さんは一度作った指物は、図を見ないでも寸分違わぬものを作れやすんで。同じものを幾つも作るような仕事のときは、誰よりも手が早いんです」

「ほう。それは一つの才なんだな」

「そうなんで。親方も、あまり口には出しやせんが、そこは買ってましたね」

「いずれにしても、長次郎さんは身元を承知の上で狙われたわけですよね」

簞笥のことがある以上、それは間違いない。お美羽が言うと、山際も弥一も揃って賛同した。

「兄さんは嵌められた、ってことですね」

弥一が力強く言った。

「おそらくな。しかし、お前が言ったように、殺しと引き換えにするほど簞笥が大事だった理由が、よくわからん」

山際の言う通り、それは大きな謎だった。

「一つ気になることがあるんですが」

弥一が膝を乗り出した。

「ほう、何だ」

「へい。あの箪笥を作るのに入り用な材がすっかり用意されてた、ってのがどうも。道具はともかく、材の方は、きちんと見立てができる者でなきゃ、揃えられねえ」

なるほど。全く同じ箪笥を作るには、種類も質も、或いは木目さえ、そっくり同じものを集めなくてはならない。それには、目利きが必要だ。

「ということは、長次郎を閉じ込めた連中の中に、指物師がいるわけか」

「仲間内に、指物についてよく知った奴がいることは確かでしょう」

これは大きな手掛かりになるかもしれない。山際も得心したようで、深く頷いた。

「よし。では、弥一に改めて聞くが、長次郎という男、酔った勢いで殺しなどしそうに思うか」

山際の直截な問いに、弥一はぴくっと眉を動かした。が、すぐに居住まいを正して答えた。

「いいえ。兄さんは酔うとだらしなくなることはあるが、殺しなんか間違ってもやる人じゃありやせん。俺が請け合います」

弥一はきっぱりと答えた。山際は笑みを浮かべ、「わかった」と返した。

お美羽は、そんな弥一の様子をじっと見つめた。胸を張り、目を輝かせて長次郎への信頼を告げる弥一の姿に、いつしか胸がときめいていた。

## 五

まだ頭の中がこんがらがっている様子の欽兵衛を宥め、本当に殺しがあったのかもっと調べなくては、と説き伏せて、何とか得心させたところで、お美羽は弥一と一緒に出かけた。長次郎の様子を、覚蔵に話しておかなくてはならない。いつまでも家から出ないと、覚蔵も痺れを切らして長次郎を追い出しかねない、と思った。

「親方も、そう不人情なことはしねえと思いやすが……」

弥一も少し歯切れが悪い。殺しに関わったなどとは、さすがに覚蔵には言えない。

「おう、弥一、戻ったか。ああ、お美羽さんまで」

まあ入ってくれと覚蔵に招じ入れられた。仕事場は、長次郎がいない他は普段通りに動いているようだ。

「長次郎の奴ァ、どんな具合だい」

ぶん殴って連れて来い、とは言っていたが、やはり覚蔵も長次郎のことが心配なのだ。

「へえ……それが、余程の揉め事に巻き込まれたようで、寝込んじまってやす。医者も、心労が臓腑に来ているから、しばらく寝てた方が、って」

無論医者などに診せていないが、精一杯の方便だ。覚蔵は顔を顰めたが、しょうがねえなと溜息をついた。

「しかし、いつまでもこのままってわけにゃいかねえ。うちも、仕事のできねえ奴を無駄に雇っておくほどの分限者じゃねえんだ。ひと月を超えるようだと……」

「いや親方、待っておくんなせえ。俺が何とかしやす」

「何とかって、どうするんだ」

「兄さんの心配事を、俺が片付けやす」

「どんな揉め事になってるんだ」

「それは……」

弥一が口籠もったので、お美羽が助け舟を出した。

「悪い女に関わったようで、変な連中に脅されてるみたいなんです。大家としても放っておけませんから、私たちも弥一さんに手を貸して、うまく片付けるようにしますから」

覚蔵はそれを聞いて、お美羽をじっと睨みつけた。が、お美羽が目を逸らさずにいると、ふうっと息を吐いて「わかった」と言った。

「だが、ひと月以上かかりそうなら、こっちも考えなきゃならねえ」

「承知してます。それまでに、何とか」

ほっとしたお美羽は請け合ったが、当てがあるわけではない。それでも、不安そうな顔はできない。一方、覚蔵には聞いておきたいことがあった。

「あの、伺いたいんですけど、長次郎さんが最後にやっていた仕事は、どんなものでしょう」

「ああ、鏡台だ。菊川(きくかわ)の道具屋、島屋(しまや)さんに頼まれた。俺が言った仕上げの手直しが残ってたんだが、長次郎のために島屋さんを待たせるわけにいかねえから、俺が手を入れて四日前に島屋さんに納めた」

「その前は、どうです」

「桐箱を三つ、いつも世話になってる指物商の並木屋(なみきや)さんに納めたが」

「箪笥とかは、どうでしょう」

ここで覚蔵は怪訝な顔をした。

「あいつの仕事が、その揉め事とやらに関わりがあるのかい」

すかさず、弥一が口を出した。

「ああほら、親方、先月、高崎屋さんに納めた簞笥があったじゃないですか。ほら、親方と長次郎兄さんが一緒に仕事してましたねえ」

「ああ、あれな」

覚蔵は、それがどうしたとばかりに弥一を睨む。

「それって、すごくいい簞笥なんですか」

お美羽は急いで聞いた。覚蔵は眉間に皺を寄せている。

「何でそんなことを聞くんだい」

「いえ、覚蔵さんと二人がかりなら、ずいぶん大事な仕事だったのかな、って」

余計な詮索と言われそうだったが、覚蔵は「ああ、いい簞笥だ」とだけ返した。

「何か格別のものだったんでしょうか」

さらに聞いてみると、覚蔵の眉がぴくりと動いた。

「その簞笥がそんなに気になるのかい」

「いえ、長次郎さんがどんな立派な仕事をしているのかと、つい思って」

苦しい言い訳だ、とお美羽自身も思った。だが、同じ箪笥を作らせた者がいると
は、ここでは言わないでおく。

「そんないい箪笥だったら、同じようなものを欲しがる人もいそうですね」

覚蔵は、何故か表情を強張らせた。

「そういうお人は、いねえな」

そう断じてから、不機嫌そうな声で言った。

「いいものだが、ただの箪笥だ」

お美羽は次に何て言おうかと考えたが、その前に覚蔵が、弥一に向かって語気を
強めた。

「おい、長次郎のことだけに関わってるわけにゃいかねえぞ。奴が使えねえ分、仕
事が溜まってるんだ。まずそこの文机を仕上げろ」

弥一はびくっとして背筋を伸ばし、ちらっとお美羽を見てから、承知しやしたと
言って、材と道具が並べてあるところへ座を移した。覚蔵はお美羽に向き直った。

「お美羽さん、面倒かけるが、長次郎の奴をよろしく頼む」

覚蔵はお美羽に頭を下げると、背を向けて仕事に戻った。話はこれで終わり、ということだ。

「わかりました。お邪魔しました。また何かあったら、伺います」

お美羽は一礼し、見送ろうとする弥一に目で「また後で」と告げ、覚蔵の仕事場から出て行った。

道々、お美羽は考えた。どうも妙な感じがする。覚蔵は、高崎屋の箪笥の話をするのを、明らかに避けようとしていた。やはり、あの箪笥には何かありそうだ。仕上げを覚蔵一人でやった、というのも気になる。一度、高崎屋で箪笥を見せてもらおうか。でも、何と言って頼めばいいんだろう。

そこでふと、足を止めて振り返った。誰かに見られているような気がしたのだ。が、二ツ目通りの往来はいつもの通りで、特に目を引く誰かがいるわけではない。こう言ってはなんだが、お美羽の容姿に熱い目を向けてくる男は結構多い。またその類いかな、と思い、お美羽は気にするのをやめて再び歩き出した。急がないと、昼餉の支度が遅くなってしまう。

　次の日、お美羽はずっと通っている手習いに出た。習うのは書で、師匠は回向院裏に住む、三十路を過ぎた武家の出の婦人だ。十五、六人の弟子がいるが、お美羽は一番古顔なので、近頃は師匠の京風の流麗な文字に、それほど遜色ないものが書けるようになっている。師範代でも務まりそうだが、それというのも、他の娘たちが次々に嫁に行って入れ替わり、お美羽だけがずっと残ってしまったからだ。お美羽としてはあまり自慢できることではない。

「ねえねえ、お美羽さん、聞いたわよ」

　稽古が始まる前、今年十七の太物商の娘、お千佳がお美羽の袖を引いた。訳知り顔に笑みが浮かんでいる。

「聞いたって、何を」

「二、三日前かな。とっても様子のいい、若い職人さんと一緒に歩いてたそうじゃない」

「えっ、なになに？　何だかいい話ねえ」

　お千佳の言うのを聞きつけてもう一人、十八になる金物屋のおたみがすり寄ってきた。二人とも、お美羽とは大の仲良しだ。

「ああ、あれね」

お美羽は苦笑した。様子のいい職人とは、弥一のことに違いない。

「そんな浮いた話じゃなくってさ。長屋の厄介事なのよ」

お美羽は大雑把に、長次郎がしばらく姿を消して心配をかけていたことを話した。

「へえ、兄弟子のことを気にかけて。様子がいいだけじゃなく、心根も良さそうな人じゃない」

お千佳とおたみは、目を輝かせた。

「幾つぐらいの人？　決まったお相手はいないんでしょうね」

おたみが畳みかけてくる。困ったなと思いつつ、お美羽も満更ではない。

「独り身で、確か二十歳だったかな」

「お美羽さんより一つ下かあ。年上女房は金の草鞋を履いてでも探せ、なんて言いますからねえ」

おたみは、ニヤニヤしながらお美羽の顔を窺う。

「気が早過ぎるって。そりゃ確かに、弥一さんは二枚目だけどね」

二十一という齢を考えると、気が早過ぎるなどと言ってもおれないのだが。

「お美羽さん、赤くなってるよ」

お千佳が肩をつつくので、思わず頬に手を当てた。

「よしてよ、もう。人の心配ばかりしてる場合じゃないでしょ」

おたみもお千佳も、もう充分に嫁入りの年頃なのだ。二人は顔を見合わせ、くすくす笑った。それ以上突っ込まれないようにと、お美羽は反対の方を向く。そちら側には、十六になるお多恵が座って、真面目に手本の頁を繰っていた。

そこで、はっと思い付いた。お多恵は、蔵前の札差、加島屋の娘だ。ならば、同業の高崎屋とも付き合いがあるのではないか。

「お多恵ちゃん、突然だけど、おうちと同じ札差の、高崎屋さんを知ってる？」

唐突に問いかけられたお多恵は、びっくりしたような顔をしたが、すぐに答えた。

「知ってるわよ、もちろん」

高崎屋がどうしたのと言いたそうなお多恵に、重ねて聞く。

「どんなお店かなあ。評判とか」

「評判って……別に悪くないと思うけど」

「お付き合いはあるの？」

お多恵はますます怪訝な顔をしたが、話してくれた。

「正直、あんまりないかな。札差には株仲間が、片町（かたまち）組、森田町（もりたちょう）組、天王町（てんのうちょう）組の三つあって、うちは片町にあるから片町組。高崎屋さんは瓦町（かわらまち）で天王町組ね。組が違うから、寄合で顔を合わすこともないだろうし、うちへも来られた覚えがないわねえ」

なるほど、そういうものか。江戸の札差は百軒を超えるはずだし、付き合いの濃い薄いはやはりあるのだろう。

「ただ、ちょっと気難しくて堅物、とは聞いたことあるけど」

「そうなんだ……ありがとう」

「高崎屋さんに、何かあるの」

お多恵とおたみが、両側からほぼ同時に聞いた。

「もしかして、あの職人さんに関わること？　その人が、高崎屋さんに注文された仕事をしてるとか」

お千佳が、当たらずとも遠からずのことを言ったので、お美羽はぎくっとした。

「ま、そんなようなことよ」

曖昧に誤魔化したところで、師匠が入って来て稽古を始めたので、お美羽はほっと一息ついた。

手習いから帰ったお美羽は、すぐに山際の家に行った。山際も手習いの師匠の仕事を終えて、戻って来たところだった。

「高崎屋へ行くのか。それで私に付き合えと」

「はい。長次郎さんの作った簞笥を、どうしても見たくって」

長次郎がやらされたことと、覚蔵の様子からすれば、何か曰くがあるのは間違いなさそうだ。隅々まで調べるのは無理としても、形だけでも見ておきたい。

「見ず知らずの私たちに、見せてくれるかな」

山際は首を傾げる。

「少なくとも、私一人じゃ駄目でしょう。山際さんが一緒なら、あるいはと思って」

娘一人では相手にされないだろうが、侍で弁が立つ山際がいれば、どうにかなるかもしれない。淡い期待だが、やってみるしかない。

「あなた、長次郎さんをお助けするためなんでしょう。なら、行って差し上げたら」

千江が山際の背中を押してくれた。山際は「お前が言うなら」と頷いた。やはり仲のいい夫婦だ。

瓦町の高崎屋は、御蔵前通りに面して間口十七間（約三十メートル）の店を構えていた。入舟長屋の家主、小間物問屋の寿々屋と同じくらいの大店だ。

お美羽は山際と一緒に暖簾をくぐろうとして、少しだけ躊躇った。お多恵が、気難しい主人のようだと言っていたのが気になるのだ。が、ここへ来て後戻りもできない。思い切って、店に入った。

「おいでなさいませ。どんなご用でしょう」

明らかに札差の客とは思えない二人を見て、進み出て来た若い手代が言った。帳場に座る番頭も、不思議そうな顔を向けてくる。気後れしかけたところを、山際が前に出て名乗り、挨拶した。お美羽も「入舟長屋の大家の娘、美羽です」と言ってから、「片町の加島屋さんとは、親しくさせていただいております」と付け足してみた。親しいのは加島屋の主人ではなく娘のお多恵だが、主人にも会ったことはあるので、全くの嘘ではない。だが手代は、「ああ、左様ですか」と言っただけで関心を示さなかった。

「邪魔をして済まん。見ての通り、商いに関わる話ではないのだが」

お美羽は一歩下がり、山際が用向きを切り出した。

「先日こちらで購(あがな)われた、簞笥のことで伺った」

簞笥、と言った途端、気のせいか番頭の顔が強張ったように見えた。手代は、きょとんとしている。

「簞笥がどうかいたしましたか」

「いや、実は世話になっているお方が簞笥を新調したいとのことでな。そこで知り合いを当たったところ、先だって本所亀沢町の覚蔵親方のところで誂えられたこちらの簞笥が、大変良いものだと聞いた。不躾で恐縮だが、どんなものか一度拝見できればと思った次第で」

山際は落ち着いた物腰で、丁重に述べた。この辺りは、さすがだとお美羽は思う。

「手前どもの簞笥を、ご覧になりたいということですか」

手代は、妙な頼みだとばかり首を傾げた。が、手代が返事をする前に番頭が帳場から立ち上がり、急いだ様子でこちらに来て、手代を下がらせた。

「失礼いたします。番頭の徳七と申します。箪笥と聞こえましたので」

徳七は痩せた四十過ぎと見える男で、苦労人らしく額と目尻の皺が深い。その顔には、愛想笑いの気配も浮かんでいなかった。

「ああ、これは番頭殿。いや、迷惑はかけぬ。さっと拝見できれば、それで良いのだが」

「いや、それは」

徳七は、露骨に顔を顰めた。

「あの箪笥は、手前どもの主人が奥で私事に使っておりますもの。よそ様にお見せできるものではございません」

ずいぶんきっぱりした断り方だ、とお美羽は感じた。箪笥など調度類を褒め上げ、是非拝見したいと言えば、断られることはそう多くないと思うのだが。

「それは承知しているが、何も中を見ようというわけではない。一見させてもらえれば、それで良いのだが」

山際が食い下がったものの、徳七は首を縦に振らない。

「申し訳ございません。家の内々のことでございますので、お断り申し上げます」

取り付く島もない言い方をして、徳七は頭を下げた。これ以上頼んでも、無駄なようだ。ふと気付くと、下がった手代も意外そうな顔をしている。

「左様か。では、仕方がない。妙な頼みをして、済まなかった」

山際とお美羽は並んで頭を下げ、早々に辞去した。


「何だか変な感じでしたね」

店を出てすぐ、お美羽は言った。ちらりと後ろを振り返ると、徳七が暖簾の間からこちらを見ていた。だが、お美羽の視線に気付いてすぐに引っ込んだ。ますます怪しげだ。

「確かにな。どうしても私たちに簞笥を見せたくないようだ」

「中に相当大事なものを入れているんでしょうかねえ」

「そんなに大事なものなら、蔵にしまうのではないか。頑丈な鍵のない簞笥などに入れないだろう」

もっともな話だ。金銀でできているわけでもなし、簞笥そのものが大事とも思えない。山際にもっと考えはないか聞こうとしたが、山際は何か別に気になることがあるようだ。お美羽は黙って、付いて歩いた。

両国橋を渡り、本所尾上町から一ツ目之橋を通って、御船蔵に沿いながら南へ下る。御船蔵手代の御屋敷のところを左に曲がって真っ直ぐ行くと北森下町だ。二ツ目通りを行くのに比べると、この道筋は人通りが少ない。

御船蔵の半ば辺りまで来たとき、ふいに山際が足を止めた。お美羽も、何だろうと足を止める。

「各々方、何用かな」

山際は前を向いたまま言って、ゆっくりと振り向いた。お美羽も一緒に振り向き、ぎょっとした。見たことのない侍が三人、こちらを睨んでいた。身なりはきちんとしており、どこかの大名か旗本の家人のように見える。

「何故、私たちを尾ける」

山際が歩きながら何か気にしていたのは、これだったのだ。侍たちはこちらを睨んだまま動かず、声も出さない。

「どちらのご家中かな」

この問いかけにも、答えはなかった。

山際と侍たちは、しばし睨み合った。お美羽は山際の後ろに下がり、どうなることかと冷や汗をかいていた。万一斬りかかってくるようなら大声を出すつもりだが、この侍たち、往来でそこまでするだろうか。

侍たちの後ろから、棒手振りとどこかのおかみさんなど、二、三人が歩いてきた。侍たちは緊張を解き、さっと踵を返して歩み去った。とうとう、ひと言も発しなかった。

怪訝な顔の棒手振りたちが通り過ぎてから、お美羽はふうっと大きく息を吐いて、山際に言った。

「ああ、びっくりした。あれ、何者でしょう」

「わからん。だが、高崎屋を出てしばらくしてから、ずっと尾けられていた」

「そうだったんですか……」

そこではたと気付いた。

「山際さん、尾けている連中を確かめるため、人通りの少ないこの道を選んだんですね」

山際が、済まんという風に頭を掻く。

「その通りだ。怖がらせてしまったなら、申し訳ない」

お美羽は微笑み、かぶりを振った。

「いいえ。山際さんの腕は、よく存じてますもの」

山際は優男風の見かけによらず、凄腕だった。だが本人が言うには、人を斬ることがどうしても嫌で、剣の指南役に覚悟が足りぬと苦言を呈されていたそうだ。だから、余程のことがない限り刀は抜かない。

「そうか。いや、済まなかった」

山際も笑みを返した。

「しかし、どこかの大名家が絡んでいるとなると、話がだいぶ厄介だな」

侍たちの去った方を見ながら、山際は呟くように言った。そこで突然、山際の表情が険しくなった。気付いたお美羽が、どうしたんですと声をかけようとして、山際に制された。侍たちがまた戻って来ようとしているのかと思ったが、そんな様子はなさそうだ。

お美羽の目の端に何かが映った。はっとしてその方を向く。武家屋敷の塀の切れ目に、茶色の着物の背が見えたような気がしたのだ。お美羽が改めて見直したときには、茶色の影は消えていた。

「お美羽さんも気付いたか」

山際が言った。お美羽は茶色が消えた方に目を据えたまま、答えた。

「はい。何でしょうか、あれ」

「もう一人、こっちを尾けていた奴がいたようだな」

山際は、面白くなってきたと言わんばかりの顔を見せた。

## 六

「そうですかい。やっぱり正面切って出向いたんじゃ、駄目でしたか」

高崎屋に行った話をお美羽から聞いて、弥一は腕組みした。

「しかも侍が出て来たとは、ちいっと大事（おおごと）かもしれやせんね」

「まあ、その侍と例の簞笥が繋がってるのかどうかは、わかんないんだけど」

弥一はうーんと唸って、しばし思案を巡らすように空を見上げた。

「表からで駄目なら、裏から行く手はありやせんかねえ」

「裏から？　忍び込むとか言うんじゃないでしょうね」

弥一は笑って手を振る。

「いや、そういうんじゃなしに、どっか他から聞くとか」

「他から、ねえ」

お美羽は首を捻る。そこでふと、思い付いた。

「ねえ弥一さん、高崎屋さんは上得意なんでしょう。今までにも行き来があったのなら、番頭さんとかじゃなくて、下働きの女の人とかに知り合いはいないの」

「下働きの女衆ですかい」

思いがけない話だったらしく、弥一は目を瞬いたが、すぐに「なるほど」と手を打った。

「そうか。番頭や手代は俺たちに話なんかしねえだろうし、小僧じゃ何も知らねえでしょうが、奥にある簞笥の話となりゃ、奥向きのことを見聞きしてる女衆に聞くのが一番だ。いいところに目を付けやしたね」

得心した弥一は、少し考えてから言った。

「お初(はつ)って娘(こ)がいます。届け物をしたときとか、寸法を取りに行ったとき、奥へ案内してもらいました。あの娘なら、話が聞けそうな気はしやす」

それは有難い、とお美羽は嬉しくなる。

「弥一さんにお願いしてもいいかしら」

「うーん……いいでしょう。やってみやしょう」

弥一は逡巡しかけたが、割り切ったらしい。お美羽は「任せましたよ」と微笑んだ。


仕事を早めに終えた弥一は、亀沢町から高崎屋に向かった。成り行きが気になるお美羽も一緒だ。

「お美羽さんはちょいと姿を隠して見てて下さい。俺がうまくやります」

高崎屋の店先まで来ると、弥一が言った。お美羽は承知して、向かいの煙草屋の脇に引っ込んだ。今日の弥一は、藍色の着物に銀鼠の半襟と帯という、すっきりした装いだ。腕のいい職人にも、どこかの若旦那風にも見える。お美羽はまたちょっと惹かれてしまった。

　弥一は時折り店の前を行ったり来たりしながら、高崎屋の出入りを窺っている。どうやってお初を呼ぶか、思案しているのだろう。あんまり長いことそうしていると、手代に気付かれないかと心配になってきたが、半刻ほど経った時分に路地の裏手の方から若い娘が一人、風呂敷包みを持って出て来た。高崎屋の下女が使いに出るようだ。十間（約十八メートル）ほど離れたところでこれを見た弥一が、喜色を浮かべてその後を追った。どうやら、都合良くお初が出て来たらしい。お美羽も、少し距離を置いて後を追った。

　お初らしい娘は、御蔵前通りを北へ歩いて行く。弥一は声をかけず、七、八間ほど空けて尾けていた。どうするのかな、とお美羽が思っていると、娘は駒形町まで来たところで、中くらいの両替商に入った。やはり、届け物か何かだ。娘はすぐに店を出て、路地から裏へ回った。そちらへ行くよう、番頭から言われたらしい。手代などでなく下女の使いだからか。

　弥一は、娘が両替商から出て来るのを、表で待った。ははあ、用事を済ませて安堵している帰り道で声をかけるつもりだな、とお美羽は得心する。

さほど待たぬうちに、娘が出て来た。お美羽にも、正面から顔が見えた。顔立ちは整っているが、鼻がやや低く、垢抜けない娘だ。年は十六、七か。江戸近在の村から、伝手を頼って高崎屋に奉公に上がったのだろう。弥一がさっとその後ろについた。

一町も行かないうちに、弥一が娘に声をかけた。娘が驚いて振り向く。弥一は丁寧な物腰で頭を下げ、何事か話しかけている。娘は、困惑したような表情を見せた。どうしていいかわからないといった趣だ。往来で若い男から声をかけられるなど、初めてのことなのだろう。

この辺りには、浅草寺の参拝客を目当てにした茶店が何軒かある。弥一は、その一軒に誘っているようだ。弥一の横顔が見えた。邪気のない、爽やかな笑顔で娘に話しかけている。あの笑顔で誘われたら、どんな娘も長くは保つまい。

思った通り、娘は頬を赤く染め、俯きながら弥一の案内するまま、諏訪神社の横の茶店に入った。一足遅れてお美羽も同じ店に入り、敷物の敷かれた長床几に腰を下ろした。弥一と娘は、奥の板敷きに座っている。お美羽は茶と饅頭を頼み、二人の話し声を捉えようと耳をそばだてた。

「……そうかい、お初さんは行徳の生まれかい」

「は、はい。名主さんに口利きしていただいて、高崎屋さんに……」

そんな会話が途切れ途切れに聞こえる。

「三年経つなら、もう家の中のことは何でも上手にやれるんだろうねえ」

「上手なんてそんな……私、覚えが良くないから。でも、みんなよくして下さって……」

お初は俯いたままだが、時にちらちらと弥一の顔を見ている。弥一は微笑みを絶やさず、ずっと優しい声音で話していた。お美羽は、何だか妙に苛ついてきた。弥一が女の子を口説くのを盗み聞きしているような心持ちだ。さっさと本題に入りなさいよ……。

「……で、俺の親方と兄さんが作った簞笥を、ついこの前、納めさせてもらって……」

やっと簞笥が出てきたか。お美羽は身を乗り出しかけたが、ここで二人の声が低くなった。どんな話をしているのか、ほとんどわからない。お初の顔がまた赤くなり、困ったように首を左右に傾げている。ああもう、じれったい。

「あ、もう私、帰らないと叱られます」

お初が、慌てたような声を出した。お美羽はさっと目を逸らす。

「あ、こいつはいけねえ。つい話し込んじまって」

弥一も、初めて気付いたように顔を上げた。

「長いこと引き留めちまって悪かった」

「いえ、そんな……ありがとうございました」

お初は土間に下りながら、まだ顔を赤らめている。

「じゃあお初さん、また今度な」

「は、はい。また、今度」

お初はぎこちなく弥一に一礼すると、速足で茶店を出て行った。

お美羽は弥一が店を出るのに合わせて、席を立った。茶店から充分離れたところで、弥一の脇に寄る。

「首尾はどうだった」

尋ねると弥一は、うまく行きましたとばかりに大きく頷いた。

「旦那は毎月五のつく日、株仲間の寄合に出るそうです。番頭もついて行くので、その隙に簞笥に案内してくれるそうで」

「わあ、それは上出来。ちょうど明日は二十五日じゃない」

「そうなんです。なので明日、親方に言って昼間、休ませてもらおうと」

「わかった。私も行きます」

「へい。お願いしやす」

「でも、あのお初さんに何て言ったの」

「ええ、納めた簞笥にどうしても気になるところがあるんだが、正面切って確かめさせてくれとお願いしたら、親方の評判に傷がつくかもしれねえ。こっそり見させてくれ、って頼んだんです。最初はびっくりしてましたが、懸命に繰り返したら承知してくれました」

「へええ。さすが弥一さんねえ」

お美羽は、幾らか揶揄するように弥一を見た。この二枚目が真剣な目付きで頼み込んだら、抗える女はほとんどいるまい。自分だって、弥一さんが本気で口説いてきたら……。

「寄合は朝四ツ（午前十時頃）からだそうです。四ツ過ぎに裏木戸のところへ来てくれ、ってことなんで、よろしくお願いしやす」

「あ、はい、わかりました」

お美羽は妄想を吹き消して、急いで返事した。

「それにしても弥一さん、手慣れたものね。それだけ見場がいいんだし、今まで結構女を口説いて泣かせてきたんじゃないのォ」

お美羽はニヤニヤして、弥一を肘で小突いた。弥一がうろたえる。

「とっ、とんでもねえ。俺ァ、女を口説くなんてからっきしで」

「またまたァ」

「本当ですよ。今まで、浮いた話なんか一つもねえんで。親方や兄さんに聞いてもらや、わかりやすって」

弥一は、さっきのお初以上に真っ赤になっていた。お美羽の軽口に、ムキになっているのが可笑しい。

「だからその、さっきも必死だったんですよ。でも、兄さんのためとは言え、お初さんを騙すような格好になっちまうのが、どうも……」

お美羽に言われて引き受けたものの、いざやってみると、罪なことをしているような気になってしまったらしい。

「騙して悪いことをしようってわけじゃなし、気にしないで」

お美羽は、困ったような顔をしている弥一に、宥めるように言った。思ったよりずっと、純で心根の優しい男なのだ。お美羽の胸が、きゅん、となった。

翌朝の四ツ過ぎ、お美羽と弥一は約束通り、高崎屋の裏木戸の前に立った。弥一が左右を見回し、誰も見ていないのを確かめてから、木戸を軽く叩いた。ほぼ間髪を容れずに戸が細目に開き、お初の顔が見えた。お初は弥一の顔を確かめ、お美羽を見て驚きを浮かべたが、そのまま二人とも入れてくれた。

「済まねえ、お初さん。こちらはお美羽さんと言って、親方と兄さんの縁者だ」

弥一が急いでお初に言った。お初はどんな縁者と思ったかわからないが、深く聞こうとはしなかった。が、その顔にとても残念そうな表情が浮かんだのは、お美羽の気のせいだろうか。

「こっちです」

お初が小声で言い、庭伝いに二人を奥の座敷の前に連れて行った。座敷の障子は開いていて、右手の壁に沿って置かれた箪笥が、よく見える。

「あれです」

弥一がお美羽に囁いた。お初が座敷に上がるよう促す。二人は縁側から座敷に入った。

「この箪笥、旦那様は誰にも触らせないんです。開け閉めは、旦那様お一人でなすっています」

お初が言った。それはやっぱり変だな、とお美羽は思った。商いでなく私事で使う奥向きの箪笥なら、お内儀や下女が扱うのが普通だろう。

「そう言えば、こちらのお内儀は」

「はい、少しお体がお悪いので、三月（みつき）ほど前から梅島（うめじま）の寮の方に。お嬢様もご一緒です」

それで奥に人気（ひとけ）がないのか。この箪笥には、お内儀のものは入っていないのだ。

「これには、旦那様のものしか入っていないのですね」

開けて中身を調べるのは、さすがに憚（はばか）られた。お初は「さあ、中身については存じません」と答えた。

簞笥は七段で、一番上の段は小抽斗（こひきだし）が三つ。後の六段は、一杯の幅の抽斗が一つずつ。ごく単純な造りだ。幅は三尺、高さは四尺ほど。弥一は一通り外見を確かめてから、外側を撫でまわすようにして目を凝らしている。傷などがないか検（あらた）めているのか。

続いて弥一は、抽斗の引手を調べ始めた。引き出して開けることはせず、軽く引いたり指で叩いたり、引手の具合を見ているようだ。そうして全部を検め終わると、少し身を引いて首を捻った。

「何も変わったところはねえようだが……」

そんな呟きを漏らしたとき、表の方からざわめきが聞こえた。お初が、顔色を変えた。

「大変！　旦那様がお戻りです」

「えっ、一刻は大丈夫って話じゃ」

弥一が飛び上がる。

「いつもはそうなんですけど、今日はずいぶん早く終わったみたい。早く出て下さい」

お初に急かされ、二人は躓きそうになりながら草鞋を履いて庭に出た。が、木戸に走ろうとすると、お初が止めた。

「駄目です！　木戸の方へ行ったら、廊下を歩いて来る旦那様と鉢合わせになる。そこへ、早く！」

お初は庭の前栽を指差した。お美羽と弥一は、大急ぎでその陰に隠れる。息を殺したところで、高崎屋の主人、善右衛門が縁側に姿を見せた。善右衛門は頬骨が高くて眉が太く、いかにも気難しそうに見える。年は五十くらいか。お美羽は身を竦めた。

「これお初、何をしている」

善右衛門の険しい声が飛んだ。布切れを出して箪笥を磨く格好をしていたお初が、弾かれたように動いて畳に膝をついた。

「は、はい。拭き掃除をしておりましたので……」

「その箪笥には触れないように、と言っておいたろう。そこの掃除は無用だ。下がっていなさい」

「はい。申し訳ございません」

お初は畳に手をついて詫びてから、ばたばたと縁側を走って表の方へ行った。善右衛門は、ふうと息を吐いてから箪笥を一瞥し、何事もないのを確かめて満足したらしい。奥の襖を開け、隣の部屋に入って後ろ手に襖を閉めた。庭の方には、目を向けなかった。

お美羽と弥一は、揃って大きく息を吐いた。

「ああ、びっくりした」

「寿命が縮みやすね」

弥一が苦笑する。すると、頃合いを見計らったように廊下の先からお初が顔を覗かせ、手招きした。お美羽と弥一はこそこそと前栽から走り出て、お初へ目礼を返してから、まっしぐらに裏木戸に向かった。

裏木戸から路地へ、さらに表の御蔵前通りまで出て、ようやく一息ついた。

「何とか無事に済んだわね」

「へい。お初さんには、余計な気を遣わせやしたね」

弥一はお美羽にも済まなそうな顔を向けている。お美羽は首を振って言った。

「まあ、ばれなかったから良しとしましょう。でも、高崎屋さんのあの様子、お初さんが言ってた通り、簞笥には他人を寄せつけないのねえ」

「そうですね。ですがざっと調べた限りじゃあ、ごく普通の簞笥ですよ。うちから納めたときのまんまのはずです」

「ものすごく高価なもの、ってことはないのよね」

「上等っちゃ上等ですが、例えば公方様のお姫様の御輿入れに使うとか、そんな代物にゃあほど遠いですよ。値は確か、二両二分で」

お美羽の家の簞笥に比べればはるかに高価ではあるが、目の玉が飛び出る、とまではいかない。お美羽の嫁入り道具にするなら、欽兵衛でもそのくらいは奮発しそうだ。

「造りはどうなの。何か特別の工夫はない？」

「お美羽さんも見た通り、特別なものは何も。欅に拭漆で仕上げた、普通の造りでさぁ。抽斗の引手だって、金銀なんざ使っちゃいやせんよ」

お美羽は考えに詰まった。そんなものを無理やりもう一つ作って、どうするのだ。しかし、寸分違わぬものとすると……。

「簞笥そのものより、中身が大事なんでしょうね」

弥一も頷いた。

「お美羽さん、もしかして、簞笥ごとすり替える、ってなことを考えてやすかい」

図星だったので、お美羽は驚いた。

「あれ、弥一さんも同じことを？」

「へい。ですがね、そいつは無理じゃねえですかい」

「無理……かな」

「そりゃあそうでしょう。あれだけの図体があるものを、どうやってこっそり入れ替えるんです。引越しみてえな騒ぎになっちまいやすぜ」

それはもっともだ。盗人装束の一団が、夜中に簞笥を背負って町中を走るなんて図は、想像しただけで笑ってしまう。

「そうよねえ。他に考えはない？」

弥一は、あれば言ってますよと肩を竦めた。

「あれ？　ちょっと待ってよ。簞笥の仕上げは拭漆だそうだけど、それ、全部指物師がやるの？」

「え？　いえ、拭漆は漆職人がやるんですが……」

　答えてから、弥一も気が付いた。

「そうか。箪笥を丸ごと作るなら、長次郎兄さん以外に漆職人も揃えなきゃならねえ。どうやって手配したんだ」

「ええと……漆は特別なものじゃないのよね。それなら、どこの漆職人でもいいわけね」

「そうです。この職人にしかできねえってほどのものじゃありやせん」

とすると、絶対必要だったのは長次郎だけか。漆職人は、金で雇ったのかもしれない。それとも、そいつらも一味だったのだろうか。二人は思案投げ首のまま、とぼとぼと両国橋を渡った。


　弥一と別れて家に戻ると、意外なことに座敷で欽兵衛と喜十郎が向かい合っていた。二人とも、何やら困った顔をしている。茶も出ていないのを見て取ったお美羽は、「ただいま」と声をかけてから、早速台所で湯を沸かした。

　茶を運んで行くと、二人はさっきと同じ顔で固まったままだ。ずいぶんな面倒事らしい。

「お父っつぁん、喜十郎親分、二人揃ってどうしたんですか」

お美羽が座り込んで尋ねると、欽兵衛が「うーん」と呻いた。

「実は、長次郎のことなんだよ」

「え？　長次郎さん、またどうかしたんですか」

眉根を寄せると、喜十郎が答えた。

「あの野郎、今にも死にそうな顔で俺のところへ来てな。女を殺したって言うんだよ」

「えっ」

お美羽はびっくりして欽兵衛の方を見た。欽兵衛が肩を落とす。

「長次郎がそんなことを言ってたという話は、さっき親分にもしたんだが。別に長屋ぐるみで隠すつもりじゃなかったことは、得心してもらったがね」

「長次郎さんは、どこに。番屋ですか」

「ああ。取り敢えず番屋で留め置いてるが、ひどくやつれてる。女が夢枕に立つんだとさ」

可哀想に。後悔と自責の念で、心が保たなくなったのだろう。お縄になった方が、ずっと気が楽になると思ったのか。

「さてどうしたもんか」

喜十郎が溜息交じりに言った。

「何しろ、本人は殺しをやったと言ってるが、どこで誰を殺ったのか、皆目わからねえんだ。欽兵衛さんの話じゃ、長次郎の弟分と一緒に、あんたもいろいろ聞き回ってるそうじゃねえか。何かわかったことはねえのか」

やれやれ、この前はあっさり追い返しておいて、今度は私を当てにするのか。まあ、喜十郎親分とは持ちつ持たれつだ。

「ええ。簞笥のことはお聞きになりましたか」

「ああ、聞いた。これまた、夢の中みてえな話だ。本当に奴は簞笥を作らされたのかい」

女を絞め殺したという恐ろしい話と組み合わせるには、どうにも滑稽な感じが否めないと、喜十郎も感じているようだ。しかし、現に高崎屋にはその簞笥がある。

お美羽は、高崎屋へ行って来た話をした。

「えっ、高崎屋さんに。お前、またそんな風に深入りして……」

欽兵衛が眉を逆立てるのを、まあまあと抑え、お美羽は続けた。

「高崎屋さんの様子からして、あの箪笥に大事な何かがあることは間違いなさそうです。親分、高崎屋さんに行って聞いてみては」

十手の威光があれば、高崎屋善右衛門も口を開くかもしれない。だが、喜十郎は及び腰だ。

「高崎屋と言や、蔵前でも指折りの札差だろ。殺し自体があやふやなのに、無理から箪笥の中を見せろってのはなァ」

高崎屋なら、奉行所の上の方ばかりか御城の御偉方とも繋がりがあるだろう。無理を通して逆(さか)ねじを食らうのが嫌らしい。

「せめて誰が殺されたのかだけでも、わかりゃあな。これじゃ全部が全部、長次郎が酔った揚句の夢だったんだとしても、おかしくねえやな」

喜十郎の言い方は、まるで夢であることを願っているようだった。面倒なことに関わっちまったという腹の内が見え見えだ。

「場所だけでも、捜せませんかねえ。舟で浅草の奥の方へ行ったという話ですから、そっちを調べれば」

「浅草の奥って、女からそう言われただけだろ。長次郎の話が本当だとしても、だいぶ飲んでからなら、舟が途中で方向を変えたってわからなかったろうさ」

「じゃあ、川沿いならどこでもあり得ると？」

「そういうこった。江戸中の川を虱潰しに調べろとでも言うのかい」

「はあ……」

喜十郎の言うことにも一理ある。長次郎は舟に乗っている間、外を全然見ていなかったらしいのだ。

「まあ、青木の旦那にゃ話してはおくが、もっと確かな話を持って来いと言われそうだな」

喜十郎はお美羽の淹れた茶を啜り、苦笑した。青木の旦那とは、喜十郎が従っている八丁堀同心、青木寛吾のことだ。強面風だが生真面目で公平な人物で、いい加減な調べはしない。それだけに、配下の目明したちにも、しっかりした仕事を求める。長次郎のことについては、もっと裏付けがないと青木も本腰を入れないだろう。

「とにかく、全ては長次郎の話次第だ。奴がもうちっと落ち着いたら、もっといろいろ聞いてみるさ」

喜十郎は潮時と思ったのか立ち上がった。もっと聞いてみるとは言ったものの、明らかに気乗り薄に見えた。お美羽は喜十郎を送り出しながら、やっぱりこっちで調べるしかないか、と改めて思った。

## 七

翌日。お美羽はまた両国橋を渡って、今戸(いまど)へ向かった。弥一の他に、山際が一緒だ。山際に付き合いを頼んだのは、今日行こうとしているのが、山際も知っている店だからである。

仕事の溜まっている弥一を呼び出すと、覚蔵はあまりいい顔をしなかった。が、長次郎が番屋預かりになった話をすると覚蔵は顔色を変えた。

「何だって、長次郎に殺しの疑い？　聞いてねえぞ。どういうことなんだ」

さすがに隠してはおけず、お美羽はこれまでの一部始終を語った。覚蔵は暗澹たる表情になった。

「そんなことになってたのか。もっと早く言ってくれりゃあ……」

「でも覚蔵さんは、あの箪笥について話をしたくなさそうでしたし」

お美羽が言うと、覚蔵は溜息をついた。

「わざわざ脅して同じものを作らせるなんて、どんな値打ちのある代物なんです」

お美羽はさらに迫ったが、覚蔵は済まなそうな顔になったものの、職人としての矜持(きょうじ)か、肝心のことについては頑なだった。

「あの箪笥は、確かにちょっと訳ありなんだ。済まねえが、内密にってことで請け負った以上、俺の口からは言えねえ。高崎屋さんに直に聞いてくれ」

そうまで言われては、仕方がない。それでも悪いと思ったか、代わりに覚蔵は弥一に告げた。

「長次郎の疑いを晴らせる見込みがあるんなら、できるだけ手を貸してやれ。こっちの仕事は心配しなくていい」

「え、そうですか。ありがとうございます」

お美羽と弥一は礼を言い、それからすぐに覚蔵の仕事場を出て、山際と合流したのだ。

「ふむ。今戸の浪乃家（なみのや）へ行くのか」

浪乃家はこの夏の小間物屋の一件で、山際と共に話を聞きに訪れた船宿だ。

「冬場の屋形舟は、そうたくさんは出ていませんから、心当たりがあるんじゃないでしょうか。自分の店の客については話さないでしょうけど、そのくらいなら」

そうだな、と山際も賛同し、御蔵前通りを三人で進んで行った。途中、瓦町の高崎屋の店の前を通った。お美羽がちらっと目をやると、帳場にいる番頭が、暖簾の隙間から見えた。一瞬、目が合いそうになり、さっと逸らす。善右衛門とお初の姿は、見えなかった。

今戸に着いて浪乃家の暖簾をくぐると、前に訪れたとき応対したのと同じ番頭がお美羽と山際を見て、おやと眉を上げた。

「これはどうも。いつぞやは、いろいろとお世話になりまして」

番頭は愛想よく言った。世話になったのはこちらの方なので、お美羽は「とんでもない、こちらの方こそ」と如才なく返す。船宿が初めてらしい弥一は、きょろきょろとあちこちに目を向けている。

「本日は、どのようなご用でしょう。また、お役に立てることでも」

最も船宿の客らしくない弥一を横目で一瞥してから、番頭が聞いた。探るような目付きだ。

「うむ。ちょっと舟のことを教えてもらいたくてな」

上がり框に腰を下ろした山際が言った。番頭は、店の客に関わることでないと知って安心したようだ。「はい、何なりと」と即座に応じた。

「今時分のような冬場、屋形舟というのはどれくらい出ているのかな」

「は、屋形舟ですか。左様でございますねえ。夏場や花見の頃に比べますとぐっと減りますが、毎日、二、三十艘は出ております。炬燵舟で雪見というのも、風情がございますので。手前どもでも、二日に一艘くらいは」

無論、屋形舟は燃えやすいですから、火の用心は肝要でございますがと言いながら、番頭は舟のご用命はと聞きたそうに三人の顔を見ている。山際が咳払いした。

「夜でも、何艘も出ているかな」

「はい。寒うはございますが、それも風流とおっしゃる方も」

「そうか。実は十四日前の夜、竪川の一ツ目之橋辺りを出て、大川に入った屋形舟を捜しているんだが」

山際が、大事なことを正直に聞いた。番頭は少し考え込む。

「左様ですねえ……少なくとも手前どもの舟ではございませんね。一ツ目之橋界隈に船宿はありませんし、どこかの船宿から出た舟がしばらく一ツ目之橋に停まって、お客様を乗せて改めて出て行った、ということでしょうか」

「そうらしい。その舟を見つける方法はないか」

「それは難しゅうございますなァ」

番頭は眉間に皺を寄せた。

「舟か、舟に吊るした提灯か何かに、紋や屋号が記されていませんでしたか」

「いや、なかったようだ」

「だとすると、船宿の舟とは違ったかもしれませんね」

「船宿のものでないとしたら、どこの持ち物でしょう」

お美羽が聞いた。番頭はまた少し考える。

「大店で自前の舟をお持ちの方や、大名屋敷のものも僅かながらございます。大店でお持ちの場合、奢侈の禁令でとやかく言われるのを恐れて、屋号など記していないことが多うございますね。その他、舟のお好きな方が道楽でお持ちだったり、船頭さんが舟を持って一人で商売をなすっていることもあります」

「いろいろあるものですねえ」

それらを全て調べるのは、御上でも簡単ではないだろう。

「しかし、川舟は年貢賦役のため、役所に届けが出ているのではないのか」

山際が確かめると、番頭は訳知り顔になって言った。

「荷運びの舟は全て届けが出ておりますが、船宿のものでもない遊山の舟となると、網から漏れているものが数多く」

なるほど。もし長次郎を罠に嵌めるのに使われたとすれば、そういう闇の舟に違いあるまい。となると、素人が捜すのはちょっと無理かもしれない。

「そうか、わかった。邪魔をしたな。かたじけない」

三人は、またいつでも、今度は舟のご注文をよろしくとの番頭の声に送られ、浪乃家を後にした。

「やれやれ。黙って聞いてやしたが、舟を捜すってのは、一筋縄じゃいかねえんですね」

南へ向かって歩きながら、落胆した様子で弥一が言った。

「正直、あまり期待はしてなかったけど。やっぱり駄目となれば、他にできることはないかなあ」

お美羽は、首を振り振り考えた。しかし、妙案は見つからない。

「山際さん、何か思い付かれませんか」

飄々と前を歩いている山際に、声をかけた。山際は「そうだなあ」と、ややのんびりした調子の答えを返す。

「思い付く、というんではないが、次の手はあるぞ」

「え、それは何です」

弥一が期待のこもった声で聞いた。山際は、すぐには答えなかった。

「まあ、ちょっと待ってくれ」

それからしばらく黙って歩いた後、ふいに山際が小声で言った。

「あの角を右に曲がろう」

お美羽は、どうして？　と思った。そこは花川戸（はなかわど）の近くで、右に折れると浅草寺（せんそうじ）の横に出て行く。帰る方向とは逆だ。山際はそのまま何も言わず、角を曲がった。

お美羽と弥一は、よくわからないまま従った。

「そこを入る」

山際は顎で前を示した。左手の寺の手前に、細い道がある。滅多に誰も通らないような、裏小路だ。ますますわからない。

裏小路に入って、山際は急に足を速めた。そして、「そこに隠れろ」と寺の土塀の間を指した。お美羽と弥一は、慌てて駆け込み、山際の後ろに回った。山際は、じっと裏小路を窺っている。

突然、ばたばたと足音がして、お美羽たちの隠れている隙間の横を、茶色い着物を着た男が駆け抜けようとした。その刹那、山際が飛び出し、男の腕をむんずと摑んだ。

「あっ、痛えッ！　何しやがんでぇ」

男が喚いた。二十五、六の遊び人風だ。山際は容赦なく、男の腕を捻り上げた。

「ずっと尾けていたな。誰に頼まれた」

「つ、尾けてなんかいねえ。離しやがれ」

男は腕を振り回そうとするが、がっちり摑んだ山際の手はびくともしない。

「言わないと、痛い目に遭うぞ」

「ふ、ふざけんじゃねえこの三一め」

男は強がってなおも喚いているが、顔は半泣きになっている。胆の太い奴ではなさそうだ。そこでお美羽は思い出した。一昨日、高崎屋の帰りに侍に囲まれたとき、侍以外にもう一人、茶色の着物を着た誰かがいたのだ。今この男が着ているのと、同じ色だったはずだ。

「私たちを尾けたのは、これが初めてじゃないね」

お美羽が言うと、男はぎくっとした様子でお美羽を見た。やはり、間違いない。そう言えば、三日前に覚蔵のところから帰ろうとしたとき、誰かに見られている気がした。あれもこの男が見張っていたのだろうか。

「山際さん、この男……」

「わかっている」

山際は、男の腕を摑んでいる手に、さらに力を込めた。男が呻く。

「喋る気になったかな」

「ち、畜生、誰が喋るか」

間抜けだな、こいつ。お美羽は思った。今のひと言で、通りすがりでなく誰かに頼まれて尾けていたことを、白状したも同然だった。

「まあいい。だいたい見当はついてる。骨が折れても構わないんなら、別に喋らんでもこっちは困らん」

山際がさらに力を入れる。弥一は少し青ざめていたが、お美羽は落ち着いていた。山際は、力を入れても骨が折れないよう向きを加減している。本当に腕を折るつもりはないのだ。

「や、やめろ……やめてくれ」

男が泣きを入れた。

「高崎屋か」

山際が囁くと、男は必死の形相で首を縦に何度も振った。弥一は驚いたようだが、お美羽には意外でも何でもなかった。

「そ、そうだ。言ったから、離してくれ」

「そうはいかん。このまま、雇い主のところまで付き合ってもらう」

山際は捩じ上げた腕を下ろす代わりに、懐から手拭いを出して男を後ろ手に縛った。男は観念し、がっくり肩を落とした。

「どうだお美羽さん、弥一。浪乃家へ行ったのは無駄足ではなかったろう。これで、堂々と高崎屋に話が聞ける」

御蔵前通りに戻り、男の襟首を摑んで歩かせながら、山際が笑みを浮かべて言った。弥一は、ただただ感心している。

「恐れ入りやした。山際の旦那は、こいつが尾けてるのに気付いて、あの人気のない裏道へ誘い込んだんですね」

山際が、うんと軽く頷く。弥一も、山際の腕が並ではないと、はっきり悟ったようだ。

「やいてめえ、名前は」

弥一が凄むように聞くと、男はぶすっとして吐き出すように言った。

「信六（しんろく）」

「ふん、遊び人か」

「どうでもいいだろ」

信六は唾を吐いて、そっぽを向いた。弥一は舌打ちする。お美羽が止めた。

「弥一さん、高崎屋でゆっくり聞けばいい。もうすぐそこよ」

弥一はおとなしく「へい」と応じた。高崎屋の大看板は、もう一町足らず先に見えている。


信六を引っ立てて店に入ると、帳場にいたあの番頭が目を剝いた。

「これはいったい……」

「番頭殿。ご主人にお会いしたい。この男について、聞きたいことがある」

有無を言わせぬ口調で、山際が言った。右手は、信六の襟首を摑んだままだ。番頭は慌てて立ち上がり、「しょ、少々お待ちを」と言って奥に駆け込んだ。手代や小僧たちは、言葉も出ない様子で目を丸くしている。

ほどなく、ばたばたと足音を立てて番頭が戻って来た。肩で息をしている。

「お、お待たせしました。そちらからどうぞ」

番頭は、土間伝いに奥へ行くよう案内した。お美羽たちは信六を前に立てて、奥へと進んだ。

座敷に入り、山際を真ん中に、奥側に弥一、手前にお美羽が座った。信六は開き直ったか、縛めをそのままに縁側で胡坐をかいた。

善右衛門は、すぐに出て来た。気難しそうな痩せた顔が、さらに強張っている。善右衛門は信六を見て、渋面になった。やはり知っているのだ。信六は目を逸らした。

「高崎屋善右衛門でございます。どのようなご用向きでしょうか」

座って口を開いた善右衛門は、平静ぶったような口調で切り出した。用向きなど、わかっているだろうに。

「山際辰之助と申す。こちらは指物師の弥一、こちらは私の長屋の大家殿のご息女、お美羽殿。そしてあちらは……」

山際は、信六を顎で示した。

「とうにご存知の男ですな」

善右衛門は口元を歪めた。

「何をおっしゃりたいので」

「まず聞きたいのは、なぜあの男に我々を尾けさせたのか、でござる」

「尾けさせた、とあの者が申しましたので？」

善右衛門はちらりと信六に目を向ける。信六は横を向いた。

「高崎屋殿。これほどの身代がおありなら、あのようないい加減な遊び人などを使わず、気の利いた岡っ引きでも雇えばよかったな」

「そのいい加減な遊び人の言うことを、まともにお取り上げになりますか」

これを聞いた信六が、「何だと」と気色ばんだが、山際が一睨みで黙らせた。

「いささか思い当たることもあるのでね。この前、簞笥について聞きに来たことが気に障ったのかな」

簞笥、と聞いて善右衛門の濃い眉が、ぴくりと動いた。

「簞笥がどうしたと言われますか」

山際が苦笑した。

「聞きたいのはこっちだ。だがまあ、こいつは邪魔だろう」

山際は信六を顎で指した。この男に、余計なことを聞かせる必要はない、ということだ。お美羽はすぐ察し、信六の後ろに回って手を縛っていた手拭いをほどいた。

「それにしても、覚蔵親方のところまで見張りに来るなんて、念入りねえ。幾らもらったの」

ほどきながら言うと、信六はきょとんとした表情を浮かべた。

「は？　覚蔵って誰だ？　そんなとこには行ってねえが」

え、とお美羽は首を傾げた。見られている気がしたのは、気のせいだったらしい。

「ちっ、ふざけやがって」

信六は腕をさすりながら、庭先に飛び降りた。しかし、なかなか去ろうとはしない。もう面倒事はご免だ、とは思いつつ、あわよくばもっと小遣い銭を、と考えているようだ。山際が凄味を利かせて「とっとと消えろ」と言うと、信六はようやく身を翻して裏木戸の方へ走った。善右衛門が、苦々しい表情でそれを見送った。

「さて、これで話ができるな。しかしまず、こちらの事情をお話ししておこう」

山際は、弥一の方に顔を向けて促した。弥一は「へい」と頷き、長次郎の身に起きたことを話した。女を殺した云々は出さず、美人局に引っ掛かったことにして無難に納めた。

「そっくりの簞笥を、作らされたですと？」

聞き終えた善右衛門は、さすがに驚きを露わにした。

「いったいなぜ、そんなことを」

「それを知りたくて、こちらに伺ったのです」

お美羽は善右衛門の目を見据えて言った。善右衛門は、少したじろいだ様子を見せた。

「高崎屋さん、あの箪笥にはどんな曰くがあるのです。あの人を使って私たちを見張らせるほど、隠しておきたい何かがあるのですか」

お美羽が信六が消えた方を指して迫ると、善右衛門は、落ち着かなげに目を動かした。

「高崎屋さん」

お美羽は、声を強めた。それでも善右衛門は逡巡していたが、間もなく大きな溜息をついて、首を左右に振った。

「仕方ありません。申し上げます。ですが、どうかご内聞に願います」

山際が即座に、「承知した」と返答した。お美羽はほっとして、座り直した。

「あの箪笥には、隠し細工がございます」

ああ、やっぱり。

「どんなものかな」

山際が聞くと、善右衛門はまた躊躇ったが、答えた。

「小抽斗が、二重底になっております。少し調べたくらいでは、開け方はわかりません」

「そういうことでしたかい」

弥一が、さもありなんと三度ばかり頷いた。

「最後の仕上げは長次郎兄さんにもやらせず、親方が自分一人でやりましたからね。親方なら、頼みに応じてそういう細工は自在に拵えるでしょう」

山際はそれを聞いて、「なるほど、覚蔵親方は評判通りの腕前なんだな」と呟いた。

「この前、箪笥を見せてくれと我々が頼んだとき、隠し細工のことを探りに来たのかと思って、信六に尾けさせることにしたんだな」

「そうです。たまに半端仕事を頼んでいますが、あのときちょうど店に来ていたもので、番頭が、尾けて何者か調べるよう言いつけたのです」

「で、今日は我々が揃って店の前を通るのを見て、何しに行くのか気になったというわけか」

「はい……ご賢察の通りで。手代に言い含めて後を追わせてから、信六を呼びにやりました。浪乃家さんに入るのを確かめて、その後を信六に任せたのです」

言ってから善右衛門は、あの役立たずめと言いたげに、口元を歪めた。

「そんな簞笥をもう一つ作った、ということは、だ」

山際は表情を引き締め、善右衛門に言った。

「高崎屋殿。その抽斗、今一度調べてみた方がいいな」

「は、はい。そういたします」

お美羽たちの話を聞いて、善右衛門も不安になっていたようだ。山際の言葉に従い、すぐに立って奥へ入った。

「どう思われます」

お美羽が囁くと、山際は「無事だといいが、そうはいかんだろうな」と呟きを漏らした。

しばらくして襖が開き、善右衛門が座敷に戻って来た。その顔は、真っ青になっていた。

「か、隠し細工が……」

そう言うなり、善右衛門はぺたんと膝をついた。

「なくなっております」

「えっ、細工が破られて中身がなくなったんですかい」

弥一がぎょっとして聞くと、善右衛門はかぶりを振った。

「いえ、細工そのものがなくなっております」

あっ、とお美羽は叫びそうになった。何が起きたか、想像はつく。

「見せてもらおう」

山際が立ち上がり、善右衛門は「こちらです」と、開いたままの襖から隣の部屋を示した。お美羽と弥一も、弾かれたように立った。

件の箪笥は、昨日お初の手引きで見たままに、隣の座敷に鎮座していた。善右衛門の居間か寝間として使っている部屋だろうか。

「どの抽斗かな」

山際が聞くと、善右衛門は最上段の左端の小抽斗を指した。

「開けてもよいか」

善右衛門は「はい」と力なく答え、弥一が進み出て引手を摑んだ。

「もしかして、こいつを捻ると二重底が引き出せるようになってたんですかい」

引手を引く前に、弥一が確かめる。

「引手を一旦下に引いてから左に捻ると、留め具が外れて、前板が右にずらせます。そのまま前板を手前に引くと、二重底になった下の部分が引き出せるのです」

弥一は頷き、引手を下に動かそうとした。だが、びくともしない。弥一は引手に顔を近づけ、仔細に調べた。

「がっちり取り付けられてる。こいつにゃ、細工はありやせんね」

続いて弥一は、引手を引き、小抽斗をすっかり抜き出した。お美羽も近寄って中を見た。小ぶりの帳面が二冊、入っている。

「その帳面は覚え書きで、なくなると困りますが、さほど大事なものではございません」

山際が後ろから覗き込む。帳面を取り出して繰ってみることまでは、しなかった。

弥一は抽斗の深さを指で測り、抽斗を抜いた口の寸法も調べた。

「この抽斗の深さじゃ、二重底は作られてませんね。ごく普通の抽斗でさァ」

弥一の見立てに山際が頷き、善右衛門はさらに青ざめた。

「これはいったい……」

うろたえる善右衛門に、お美羽はきっぱりと言った。

「すり替えられたんです。長次郎さんが作らされたものと」

弥一が、えっという顔をした。

「けどお美羽さん、箪笥みてえな大きなものは」

簡単にすり替えられない、と言いかけるのを制する。

「わかってる。抽斗だけ、すり替えたのよ」

弥一が「あ」と声を漏らした。小抽斗一つだけなら、風呂敷包みに隠せる。昨日お美羽たちが入り込んだような隙があれば、すり替えは難しくない。それに、いかにそっくりの材を揃えようと、木目の具合など完璧に一致することはあり得ない。箪笥丸ごと入れ替われば、気付かれる恐れは充分にある。小抽斗だけならその心配は小さい。拭漆にしても、箪笥全体に施すなら手慣れた職人の腕が要るが、小抽斗の前板だけなら、それほどでもあるまい。

「して、二重底の隠し抽斗には、何が入っていたのかな」

山際はお美羽の言葉に頷いてから、善右衛門に聞いた。それは言いたくなかったようだが、こうなっては仕方ない、と善右衛門も覚悟したようだ。

「借入の証文でございます」

「証文？　札差としての商いの証文なら、こんなところには隠さないだろう。格別のものか」

「はい。さる御家の御重役様に、内々でお貸しいたしましたもの。内々である事情と、御家の名につきましては、ご勘弁のほどを」

そうだったのか、とお美羽は腑に落ちた。この前、お美羽たちを囲んだ侍。あれはその「御家」の者たちに違いない。おそらくはたまたま用事で高崎屋を訪れていたところ、お美羽たちが尋ねる声を聞き、主家の秘め事が表に出てはと、急いで追って来たのだろう。お美羽たちとしては、いささか間が悪かったわけだ。善右衛門にそのことを問い質してみたが、言葉を濁した。どうやら、お美羽の思った通りでほぼ間違いないようだ。

「御家のお方たちは、余程そのことを知られたくないんですね」

皮肉交じりに言ってみたが、善右衛門は「それについて、申し上げることはございません」とはねつけた。お美羽は、おとなしく引き下がった。

「さて、いつすり替えられたか、だが」

山際が話を変えた。これも大事なことだ。

「はい。五日ほど前に確かめたときには、変わったことはございませんでした」

長次郎が戻ったのは、四日前の朝。偽の簞笥が出来上がったのは、その前日だろうから、やはり五日前だ。この五日の間にすり替えられたことは、間違いない。

「五日の間に、すり替えができる隙はあったのか」

「それは……ございました」

善右衛門が、がっくりとした様子で言った。ちょっとやそっとでは見つけられない隠し細工に安心し、すり替えまでは考えが及ばなかったのだろう。備えの甘さを悔やんでいるのだ。

「情けないことでございます」

善右衛門によれば、この部屋に誰の目も届いていないことは、何度もあったらしい。お内儀がいれば別だったろうが、お内儀はお嬢さんと奥向きの上女中を連れて寮で静養しているので、奥は善右衛門一人になっていた。お初たち女中や下女も、そうしょっちゅう奥に入るわけではない。言っては悪いが、その気で見れば隙だらけだ。

「それでは、なかなか絞り込めないな」

山際も、残念そうに言った。

「隠し細工のことを知っているのは、高崎屋殿の他に誰だ」

「作った覚蔵親方を除けば、番頭の徳七だけでございます。あの御家の方々は、証文を簞笥に隠したとはご承知ですが、細工のからくりまではご存知ありません」

「ふむ、わかった。で、高崎屋殿。このこと、役人には届けるのか」

「いや、それは……」

善右衛門は困惑を浮かべた。

「盗まれたのがあの証文だけ、ということは、知っていて狙ったものでございましょう。だとすると、騒ぎ立てれば御家にご迷惑がかかります」

「左様か。致し方あるまい」

山際は、少し改まった調子で続けた。

「しかし高崎屋殿。こちらには、長次郎のことがある。長次郎が何かの企みに巻き込まれているなら、放ってはおけん。このまま、調べさせてもらう」

「それは……」

善右衛門は、やめてくれと言いたげな苦しい顔を見せた。山際は、語調を緩めた。

「高崎屋殿、我々はその御家のことを表に出そうとは言わん。寧ろ、内々で片付けられるものならそうしたい。この一件を企んだ連中を捜し出し、高崎屋殿にもお知らせしよう。決して悪いようにはせんので、任せてはもらえぬか」

善右衛門の顔が、明るくなった。善右衛門としても、店の看板を傷つけずにこの件が片付くなら、否やはないはずだ。

「承知いたしました。何卒よろしくお願い申し上げます」

善右衛門は、丁重に畳に手をついた。

高崎屋を後にした三人は、気疲れしたので一服しましょうというお美羽の言葉に従い、両国広小路近くの茶店に入った。多くの客で賑わっており、奥の方に座って内緒話をしていても、関心を向ける客はいないだろう。三人は茶と羊羹を前にして、額を寄せた。

「いったい誰が、こんなことを仕掛けたんでしょうね」

弥一が言うと、山際が人差し指を立てた。

「まず考えられるのは、証文を書いた御家の誰か、だな。証文がなくなって好都合なのは、そいつらだ」

「でも、証文を盗んだからって、借財そのものに頰かむりできますか」

お美羽は疑いを挟んだ。その御家の御重役は、そこまで厚顔無恥なのだろうか。

「いや、そう簡単にはゆくまいな。しかし、内々で外に知られたくない訳ありの借財なら、証文のようなものがあると、誰かの手に渡れば一大事。禍根を断つため、証文を消し去ろうとした、ということもあり得る。高崎屋は怒るだろうが、金さえ返せば黙るだろう」

「はあ、それはわからなくもないですね」

だとすれば、長次郎を嵌めた女も、篁笥を作らせた男たちも、御家に雇われたわけか。

「それ以外に、誰かいますかね」

弥一が重ねて聞く。山際は肩を竦めた。

「何とも言えん。だが、そいつは証文のことと、箪笥の隠し細工のことを知ってい
た。そんな者は、限られている。逆に尋ねるが、弥一、覚蔵の仕事場にいる者で、
隠し細工のことを知ることができたのは誰だ」

弥一は首を傾げてしばらく考えたが、かぶりを振った。

「いや、思い付きやせん。長次郎兄さんだって知らなかったはずですから」

「そうか。ならしょうがない」

山際は残念そうに言って、茶を啜った。

「高崎屋さんの店の誰か、とも考えられますね」

お美羽が言うと、山際と弥一も「確かに」と応じた。

「番頭さんは知ってたわけだし、お初さんだって、旦那さんが箪笥に触らせないの
を不審がってたんですもの。他にも気付いてる人はいたでしょう」

「お美羽さんの言う通りだ。やっぱり一番怪しいのは、店の連中ですよ。どっかの
盗人に金で抱き込まれたのかもしれやせんしね」

弥一が意気込んで言った。お美羽は弥一に頷いてみせてから、一つ気になっていることを口にした。

「ねえ、抽斗だけすり替えるなら、どうして簞笥丸ごと作らせたんでしょう」

抽斗だけ作れば日数もかからないし、たくさんの材を集める必要もなかろう。

「抽斗を狙っていると気付かせないためだろうな。長次郎が抽斗の隠し細工を知らなかったということなら」

山際が言った。なるほど、それはわかる。

「抽斗だけより全部作った方が、寸法狂いを避けられる、と思ったかも」

弥一が付け加えた。それもありそうだ。全体を作る方が何かと無難、と奴らは考えたのだろう。

「そうだ。長次郎を嵌めた連中の中に、指物師がいるんじゃないかと言っていたな」

弥一が「おっしゃる通りで」と返した。

「覚蔵のところから追い出された弟子、或いは覚蔵に含むところがある指物師仲間、などに心当たりはないか」

「ああ、それは俺も考えてみやした。ですが、近頃で暇を出された弟子はいねえし、お人柄を考えると、親方を目の敵にするような奴は、ちょっといそうにありやせんね」

「ふむ。こっちも得るところなしか」

山際は思案に行き詰まった様子で、眉を下げた。そこでふと、お美羽は思った。覚蔵のところから帰る途中で感じた視線。あれは本当に、気のせいだったのだろうか。

## 八

家に帰ったときには、日もだいぶ傾いていた。長屋をざっと見回ってから夕餉の支度にかからなくちゃ、と思いつつ表口を入ったとき、奥から漏れる話し声が耳に入った。

「お父っつぁん、ただいま」と声をかけて座敷の襖を開けると、欽兵衛と喜十郎が対座していた。

「ああ、お帰り。今、親分と長次郎の話をしていたところだ」

そうだ。番屋へ長次郎の様子を見に行くつもりだったが、忘れていた。

「長次郎さん、あれからどんな具合ですか」

「どうもこうも、消沈したまんまだ。まあ、全部喋って少しは気が楽になったようだが、ぐっすり眠れるわけでもなさそうだしな」

喜十郎は、困ったもんだとばかりに苦い顔をする。

「八丁堀の青木様には、お話しになったんですか」

「ああ。やっぱりと言うか、もっと確かな話にしてから持って来い、性根入れて調べ直せ、って叱られちまった」

叱られたのは長次郎のせいだと言うように、喜十郎はさらに顔を顰めた。

「このままじゃあ、大番屋へも送れねえ。当面、欽兵衛さん預かりってことにして、長屋へ戻そうかと思ってな。あの様子じゃ、逃げ隠れしそうにねえし」

「それで親分には、うちで面倒見るからと承知したところなんだ」

欽兵衛は、何か安堵したように笑みを見せた。長次郎をいつまでも番屋に置いておくわけにもいかないだろうし、却って心配だったのだ。以後は欽兵衛の責任ということになるが、欽兵衛は喜んで引き受けるらしい。お美羽としても、長次郎のことを考えれば異存はない。寧ろ、大手を振って長次郎の一件を調べられるというものだ。

「お美羽、何だか嬉しそうだが、これでこの一件に堂々と首を突っ込める、と思ってるんじゃあるまいね」

図星を指された。お美羽は、とんでもないと首を振る。

「私なんかが、そんな出過ぎた真似を」

よく言うぜ、と喜十郎が噴いた。

「親分、青木様は何か、お見立てを口になさらなかったんですか」

知らんぷりで、お美羽は聞いた。喜十郎は、ほうらやっぱりだ、と苦笑する。

「見立て、ってほどでもねえが、例の女のことだ」

長次郎を誘い込んだ、あの艶っぽい女のことか。青木は何か心当たりでもあるのか。

「釣瓶屋と長次郎の話を合わせて、人相風体を申し上げたんだがな。旦那がおっしゃるには、居酒屋でたらし込む手口と、その人相、年格好とを考え合わせると、霞(かすみ)

のお薗ってぇ女じゃねえか、ってんだ」

「霞の……お薗。お尋ね者なんですか」

喜十郎は、うーんと唸る。

「専ら美人局をやってるようだ。年は二十五、六の婀娜っぽい年増だ。男好きのする美人で、居酒屋なんぞでほろ酔い機嫌のところに声をかけられると、鼻の下を伸ばした男は忽ちからめとられちまう。噂じゃ、やられた男は十人は下らねえ」

「ずいぶん詳しいですねえ。もしかして、親分もそんな女がお好み？」

これお美羽、と欽兵衛が窘める。喜十郎は、慌てたように目を怒らせた。

「馬鹿言ってんじゃねえ」

「でも、そこまでわかっててお縄にできないんですか」

「金を巻き上げられた奴は、みんなそれぞれ立場のある小金持ちだ。世間様の評判を気にして、誰も訴え出ないのさ」

男って馬鹿ねえ、とお美羽は嗤いたくなる。が、そいつが長次郎を嵌めたとすれば、嗤ってもいられない。

「どこに住んでるんです」

浅草の奥の方なら、まさしくぴったりだ。だが喜十郎は、「それがわかってりゃ、世話ねえさ」と笑った。

「素性もわからねえが、まあ無宿者だろう。情人のところにいるんじゃねえか」

それでは捜しようがない。また袋小路か、とお美羽は嘆いた。

「だがな、青木の旦那はこうも言ってたよ。そいつがお薗なら、長次郎なんかに殺られるタマじゃねえが、ってな」

ふうん、とお美羽は考えた。手練手管に長けて場数を踏んだお薗のような女が、全くの素人の長次郎の手にかかるとは、俄かに信じ難いのは確かだ。だが、どんな手違いがあったのかはわからない。

「ところでお美羽、今日は山際さんたちとどこへ行ってたんだね」

話の切れ目に、欽兵衛が聞いてきた。お美羽は困った。喜十郎の前だから、高崎屋へ行ったと言えば、箪笥の隠し細工の話をしなくてはならないだろう。それは善右衛門から口止めされ、山際が承知している。ここで喜十郎に話していいものかどうか。

お美羽が黙っていると、欽兵衛と喜十郎の目が険しくなってきた。お美羽は腹を決めた。この先、調べを進めるには、やはり十手持ちの助けが必要になるだろう。

「実は、また高崎屋さんへ行ったんです」

欽兵衛は、天井を仰いで目をぐるぐる回した。

「またお前、そんな……」

「まあその、いろいろありまして」

お美羽は高崎屋で聞いた一部始終を話した。喜十郎の目が見開かれた。

「二重底の抽斗か。しかもそいつが、すり替えられたと」

「そのために、女を使って長次郎を嵌めたのか。ずいぶん大掛かりなことをするもんだねえ」

欽兵衛は、叱るのを忘れて話に引き込まれている。

「その、抽斗ごと盗られた証文だが、どっかの大名家が関わってるんだな？」

「ええ。何だかその御家の中の事情があって、表に出せない話なんですって」

「ふう。これまた厄介だな」

喜十郎は、溜息と共に首筋を叩いた。

「触らぬ神に祟りなし、だ。そこんとこは、深入りできねえな。とは言っても……」

喜十郎は腕組みして、言った。

「青木の旦那への手前もある。丸きり知らん顔ってわけにもいかねえだろう」

喜十郎はお美羽に確かめた。

「高崎屋が証文を盗まれたのに気付いたのは、今日の昼で間違いねえな」

「ええ。あの様子なら」

「よし。それなら、今夜にでも動くはずだ。高崎屋を見張ろう」

喜十郎は、言うなり立ち上がった。

「高崎屋さんが、証文を盗まれたことをその大名家の方と相談する、と思われるんですね」

「表に出せねえ事情があって借りた金なら、証文を盗った連中もそれを承知で、強請るつもりかもしれねえ。ならそれに備えて、話し合っとかなきゃいけねえだろう。高崎屋が誰と会うか、見届けてやる」

それはお美羽も納得だった。何だかんだ言っても、岡っ引きとして喜十郎は頼りになる男なのだ。

喜十郎は、高崎屋へ手下を連れて見張りに出る前、長次郎を帰して寄越した。お美羽の家に現れた長次郎は、また無精ひげを伸ばし、さらに頰がこけていた。お美羽が気を遣って飯と味噌汁を出したが、ほとんど手を付けず、膳を脇に寄せて畳に這いつくばった。

「大家さん、お美羽さん、このたびは本当に、迷惑かけちまって……」

泣きそうな声で言う長次郎に、欽兵衛はゆっくりと話しかけた。

「長次郎、お前さんが、自分で言うように人を殺めたんなら、その過ちは償わなきゃならん。だがなあ、お前が簡単に人を殺めるなどとは誰も思っていないし、腑に落ちないことが幾つもあるんだ。本当は何があったのか、皆が確かめようとしている。だからお前はその間、おとなしく待っていなさい。くれぐれも、変な気を起こすんじゃないよ」

嚙んで含めるように言うと、長次郎は嗚咽を漏らした。

「す、すいやせん、大家さん。俺が馬鹿なことをしたばっかりに。親方にも、合わせる顔がねえ」

またおいおいと泣き出したので、お美羽は困って長次郎の背を叩いた。

「さあ長次郎さん、もういいから。後は私たちに任せて、家に帰ってゆっくり寝て下さいな。でも、表に出ちゃ駄目よ」

長次郎は、へい、とまた頭を畳にこすりつけ、這いずるようにして辞去した。お美羽は家まで送り、様子を見に出てきた隣のお喜代に後を頼んだ。

「大丈夫なのかい。首でもくくりそうな顔つきだよ」

お喜代は困惑をはっきりと顔に出している。お美羽も請け合うわけにはいかず、そこまではしないと思うけど、気を付けておいて、と言うのが精一杯だった。

「うちの人ともずっと話してるんだけどさ、やっぱり長次郎さんが殺しだなんて、おかしいよ。お美羽さんに、何か考えはないの」

「うん。多くは言えないけど、この一件、わからないことがまだたくさんある。もう少し待って」

お喜代は、お美羽さんが言うならお任せするよ、長次郎さんのことはしっかり見ておくから、と言って家に引っ込んだ。そうだ。長次郎の姿を見て気分が重くなったけど、何とかして救ってあげなくちゃ。それでこそ、大家じゃないの。お美羽は気合を入れるように、帯をぱん、と叩いた。

翌朝。朝餉が済んだ後、表の戸を叩く者があるので出てみると、喜十郎の下っ引きの一人だった。確か、甚八という男だ。

「朝からすいやせん。親分が、山際の旦那と一緒にちょいと来てもらいてえ、っておっしゃるんで」

「喜十郎親分が？　わかりました、すぐ行きます」

お美羽は欽兵衛に「親分のところへ行って来ます」と声をかけ、甚八と一緒に山際を呼び出すと、南六間堀の喜十郎の家に向かった。

「やあ、呼び立てて済まねえ。こっちへ座ってくれ」

長火鉢の後ろに座って煙管を使っていた喜十郎は、前に座るようお美羽たちを促した。

「お美羽さんから聞いたが、昨夜高崎屋を見張ったそうだな。その話か」

刀を置いて腰を下ろすなり、山際が聞いた。喜十郎は、いかにもと頷く。

「狙い通り、当たりやしたよ。高崎屋は、暮れ六ツ（午後六時頃）過ぎて店が閉まってからすぐ、駕籠で出かけやした」

「誰かと会ったんですね」

お美羽が先を催促すると、喜十郎は気を持たせるように、まあ待てと掌を出した。

「慌てなさんな。高崎屋が行った先は、池之端の料理屋だ。花善ってえ、目立たねえがいい店だぜ」

「密談向きの店、ということだな」

山際が得心したように言う。

「その通りで。ああいう店は口が堅い。で、表で隠れて見張ってたんだが、高崎屋が入ってしばらくすると、ちょいと立派な乗物が着きやしてね。身分のありそうなお武家が、降りて店に入ったんでさぁ。お付きの侍も、二人ばかりいたねえ」

「その立派なお武家が、高崎屋と会ったんですか」

辛抱できずに、お美羽はまた口を挟む。

「だから急ぐなって。その時にゃ、高崎屋が相手かどうかわからなかったんだが、半刻余りも待ってると、出て来た。高崎屋が見送ってな」

であれば、そのお武家が高崎屋の相手だったのは間違いない。

「親分のことだから、その武家が何者か、見当はつけたんだろう」

山際が言うと、喜十郎はしたり顔になる。

「抜かりはありませんや。提灯の家紋を確かめて、念のため手下に尾けさせやした。上総山辺の、太田石見守様のご家中でさぁ」

「太田石見守か。二万石の大名だな。供回りが二人付いていて、立派な乗物に乗っていたとすると、御用人か御留守居役だろう」

やはり、大名家だったか。お美羽はここで首を捻る。

「でも山際さん、御大名が札差からお金を借りるなんて、当たり前のことですよね。どうして内々に、っていう話になるんでしょう」

「それは、借りた事情によるだろうな。使い道を御上に知られると、具合が悪いのかもしれん」

「おおっと。そこから先は、昨夜も言ったが、触らぬ神に祟りなしだ」

喜十郎は、その詮索はそこまで、と煙管で長火鉢の縁を叩いた。

「時にお美羽さん、一つ聞きてえことがあるんだが」

「え？　私に？」

「おう。あの覚蔵んとこの弥一って二枚目の職人だが」

わざわざ二枚目って付ける必要もなかろうに。喜十郎は何か勘繰っているのかもしれない。

「あいつ、一人で何か探ってるのかい」

「一人で？　いえ、この一件で聞き込みなんかするときは私たちと一緒だし、一人で動くならそう言うはずですけど」

「そうかい。実は昨夜、奴を見かけたんだ。何か聞いてるか」

「いいえ。どこで見たんです」

弥一だって夜、飲みに出歩くくらいはするだろう。喜十郎は何を言いたいのか。

「俺たちは花善の会合を見届けて、高崎屋より先に引き上げたんだが、高崎屋の前に戻ったところで、脇の路地から弥一が出て来るのが、隣の店先の提灯の灯りで見えたんだよ。どうも、高崎屋の裏から出て来たようなんだが」

入舟長屋への帰り道、山際は喜十郎から聞いた話について、ずっと思案していた。時折り、ぶつぶつと呟く声が漏れる。

「石見守の家中で何があったのか……内々で借りたとして、幾ら借りたのか……使い道を知られたくないような金としたら……やはり家中に揉め事を抱えていて、その始末に……」

考えが堂々巡りしているようだ。お美羽の方は、大名家の事情よりも弥一のことが気にかかっていた。もう一度高崎屋に一人で行くなんて聞いていなかったが、何か思い付いたのだろうか。でも、夜遅く店が閉まってから行くなんて、どうしたんだろう。

二人それぞれに考え事をして、ほとんど口もきかずに北森下町まで来た。そこで山際は、このまま手習いの用意をすると言って、教場の貸本屋の二階に上がって行った。一人でじっくり考えたいのかもしれない。お美羽は家に戻った。

だが、家に入ろうとした途端、長屋からお喜代が飛び出してきた。

「えっ、お喜代さん、どうしたの」

そのまま走って行きかけたお喜代は、お美羽の声でぴたっと足を止めた。

「あっ、お美羽さん。良かった。長次郎さんがね、長屋を出てっちまったんだ」

「ええっ！」

お美羽は仰天した。とても出歩きそうな様子には見えなかったのに。行方がわからなくなったり、万一大川に身投げでもしたら、身柄を預かる欽兵衛が責めを負わねばならない。その欽兵衛は、姿が見えなかった。まったく、お父っつぁんたら、何をぼうっとしてるのよ、とお美羽は苛立った。

「どっちへ行ったか、わかる？」

「たぶん、あっち」

お喜代は、お美羽が帰って来た方とは逆の、北を指した。お美羽はすぐさま、二ツ目通りを北の竪川目指して走り出した。お喜代が後を追って来る。

「ごめんよ、お美羽さん。気を付けといてって頼まれてたのに。子供が泣いたんでちょっと目を離してたら、木戸を出て行く後ろ姿が見えたもんだから、びっくりしちゃって」

「謝んなくていい。お喜代さんだって、四六時中見張っとくわけにいかないものね。とにかく、早く見つけないと」

長次郎は心身ともに弱っているから、そう早くは動けないだろう。横道に逸れたりしていなければ、追いつけるはずだ。

思った通り、竪川にかかる二ツ目之橋にかかるところで、長次郎の後ろ姿が見えた。俯き加減で、足を引きずるようにゆるゆると進んでいる。まるで何かに操られているような歩き方だ。

「長次郎さん！」

大声で呼び止めた。長次郎の背中がびくっと震え、その場で固まった。

「どこへ行くのよ。勝手に出歩いちゃ駄目でしょ！」

「そうだよあんた、お美羽さんにどこまで迷惑かけるんだい」

おずおずと振り返った長次郎は、お美羽とお喜代に同時に嚙みつかれ、首を竦めた。

「ほらほら、さっさと長屋へ戻らなきゃ。人が見てるじゃないか」

通りを歩く人たちが、具合の悪そうな男が女二人に摑まれている光景に、訝し気な目を向けてくる。往来の真ん中じゃまずいと思い、お美羽は長次郎を桶屋の陰に引き摺っていった。

「た、頼む。行くところがあるんだ」

長次郎が訴えかけてきた。

「行かなきゃならねえんだ……」

「行かなきゃって、どこへ」

「あ、あそこに聞けば、女の家がわかるかもって……」

「何ですって？」

　重要な手掛かりを思い出したと言うのか。

「だからそれ、どこなの」

　お美羽は長次郎の胸ぐらを摑んで揺さぶった。長次郎は抗わず、絞り出すような声で言った。

「か、金具屋だ」

「金具屋？」

　お喜代が、ぽかんとして長次郎を見つめた。頭は大丈夫かという目付きだ。

「どうして金具屋なのよ」

「あの簞笥の、金具……」

　長次郎がもごもごと言ったのを聞いて、ようやくお美羽は気が付いた。長次郎が作らされた、高崎屋の偽の簞笥。あれに取り付ける引手などの金具は、当然、本物と同じでなくてはならない。どこで買っても同じ材木などと違い、覚蔵のところに金具を納めた金具屋でしか、それは調達できないのではないか。ならば、証文を盗んだ連中がそこから金具を買ったか、金具屋も一味なのか、どちらかだ。

　もっと早くに思い付くんだった、とお美羽は唇を噛んだ。事情の呑み込めないお喜代は、まだ目を白黒させている。

「とにかく長次郎さん、長屋へ戻りましょう。あんたは、喜十郎親分から出歩いちゃいけないと言われてるでしょう。私が代わりに、聞いてきてあげる。どこの何という店なの」

「あ、ああ。本所入江町（ほんじょいりえちょう）の丸源（まるげん）だ」

　それだけ言うと、長次郎は憑き物が落ちたように、その場にへたり込んだ。

　お喜代と二人がかりで長次郎を長屋に連れ戻したお美羽は、早速入江町の丸源を訪ねてみることにした。だが山際は手習いを教えている最中だし、仕事中の弥一を毎日のように引っ張り出すわけにもいかない。一人で行くか、とは思ったものの、見知らぬ女がいきなり訪ねて行って妙な問いかけをしたところで、丸源の主人が答えてくれるだろうか。

　そこで、はたと思い当たった。金具は、金物だよね。

「おや、お美羽さん、いらっしゃいまし。お嬢さんは奥においでですので、どうぞどうぞ」

　両国広小路にほど近い米沢町の金物屋、小島屋の番頭は、暖簾を分けたお美羽を見て、愛想よく言った。ここはおたみの家だ。金物屋としては大きな店で、奉公人も二十人近くいるが、何度も来ているので、皆顔見知りである。

「あれ、お美羽さん。急にどうしたの」

　奥へ通ると、絵草子を読んでいたおたみが顔を上げた。お美羽はその前に座ると、早速切り出した。

「突然だけど、おたみちゃんのところでは、簞笥の金具とか扱ってるかな」

「簞笥の金具ぅ？」

　あまりに唐突で、おたみは面食らったようだ。

「指物師さんに納めるやつだよね。うちは小売りが主だから、扱ってないと思うけど」

ああ、残念。そううまくは運ばないか。

「何でそんなことを……」

言いかけておたみは言葉を切り、目を輝かせた。

「お美羽さん、もしかしてまた何か調べてるの？　そう言えば、長屋の誰かが姿を消して戻ってきたとか言ってたよね。その金具のこと、例の様子のいい指物師のあの人と、関わりがあるんじゃない？」

お美羽は次々と畳みかけるおたみを、何とか躱そうとする。

「ま、その、いろいろあってね。簞笥の金具について、本所入江町の丸源さんってところへ、話を聞きに行こうと思ったんだけど」

「丸源さん？　ああ、源助さんね。ふうん」

お美羽は、前にのめりそうになった。

「丸源さん、知ってるの？」

「うん。柱に付ける飾り物とか、五徳とか、うちに納めてくれてる。節季ごとに挨拶に見えるから、私も会ってるよ。そう言えば源助さん、指物の金具も作ってるって言ってたなあ」

「今、大丈夫？　これからすぐ、行きたいんだけど」

「はい？」

さすがにおたみは、目を丸くした。

小島屋から入江町までは、両国橋を渡って竪川沿いに東へ、二十町ほど。四半刻余りかかるので、道々、お美羽はおたみに話せることを話した。だいぶ中身をぼかしたので、おたみとしては、虫食いで穴だらけの本を読んでいるような心持ちだろう。要領を得ない顔をしている。

「箪笥の抽斗をすり替えるなんて、びっくりだわ。何でそんなことになったのか、全部片付けたらきっと教えてよね」

はいはい、わかりましたと安請け合いするうち、入江町に着いた。直に来たことはないらしく、おたみはきょろきょろしている。

「この辺だって聞いたんだけど……」

すると、表通りから西へ入ってすぐの家の障子に、「源」という字を丸で囲った墨書きがあるのが見えた。

「あれみたいね」

お美羽が指すと、おたみは「ああ、間違いない」と言って障子に歩み寄り、とんとんと叩いた。

「こんにちは。源助さん、いますか。小島屋のたみです」

中から、へーいという返事が聞こえて、すぐに障子が開いた。顔を出したのは、五十近い半白髪の小柄な男だ。おたみを見て、頭を下げた。

「こりゃあ、小島屋のお嬢さん。こんなむさ苦しいところへ、どんなご用事で」

「お邪魔してご免なさい。私じゃなく、こちらのお美羽さんがお話があるというので」

源助は、お美羽の方を向いて怪訝な顔をしたが、お美羽が挨拶すると、「まあお入んなせえ」と障子を大きく開いて、二人を招じ入れた。

入ってすぐの板敷きが、仕事場だった。奥側の畳敷きを合わせると、普通の長屋の倍くらいの広さだろうか。弟子や下働きの姿は見えず、一人でやっている職人らしい。

「嬶(かか)ぁが出かけてまして、ろくにお構いもできませんで」

上がり框に腰を下ろした二人に、源助は恐縮気味に言った。人の好さそうな男だ。少なくとも、悪事を働く連中の仲間には見えない。板敷きには、工具や金梃子(かなてこ)、作りかけのものや出来上がった金具、飾り物の類いが、きちんと並んでいる。源助は几帳面でもあるようだ。

「今日伺ったのは、お尋ねしたいことがありまして。源助さんは、指物師の覚蔵さんのところへ指物の金具を納めてらっしゃいますね」

「へい。覚蔵親方には、ご贔屓いただいてますが」

何か不都合でもあったか、と眉根を寄せる源助に、親方から立派なお仕事とお聞きしております、と言って安心させ、本題に入った。

「先月、覚蔵親方が高崎屋さんのご注文で納めた簞笥ですが、あれの引手なども、源助さんがお作りになったんですね」

「その通りですが」

「同じ引手を、どこか他所から注文されませんでしたか」

源助が、はっきりわかるほど動揺した。

「どうしてまた、そんなことを……」

「お心当たりが、あるんですね」

念を押すと、源助は頷いた。

「注文にはならなかったんですが、二十日ほどか、もう少し前でしたかね。指物師だってぇ男が来て、つい先日高崎屋さんに納めた簞笥の金具をここで作ったと聞いたが、なかなかいいものだと聞いたんで、見せてもらえねえかと言うんです。妙な奴だと思ったんですが、見せるぐらいはいいかと、出して見せました。そしたら買い取りたいって言い出して。覚蔵親方に納めた品ですから、覚蔵親方の許しがないと駄目だ、って言ったら、帰りました」

「では、同じものがこちらにあるんですね」

「へい、壊れたり傷が付いたりして、取り換えの注文が来るときに備えて、金具や飾りは余分に作っておいた見本を残します。あの抽斗に入れてあるんですが……」

源助は、仕事場の隅にある頑丈そうな簞笥を指差した。なるほど、やはり几帳面な職人なのだ。

「ところが、そいつに見せた次の晩、盗まれちまったんで」

「盗まれた？」

おたみが、驚いた声を出した。

「番屋には届けたんですか」

「へい。高崎屋さんの箪笥の金具は、あの二段目に入れてあったんですが、二段目の中身がそっくり消えちまってて。あっしも嬶ぁも、情けねえことに奥で高鼾(たかいびき)でした」

隣の部屋で寝ている夫婦に気付かれないなら、手慣れた盗人だろう。

「その……金具を見に来た男は、源助さんが二段目の抽斗からそれを出すところを、見ていたんですね」

お美羽が確かめると、源助は「おっしゃる通りです」と言った。

「じゃあ、断然そいつが怪しいわね」

おたみが勢い込んで言う。

「どんな男でしたか」

お美羽の問いに、源助は明確に答えた。

「他所の箪笥の金具が欲しいなんて客は、滅多にいねえ。だから、しっかり覚えてまさぁ。背は五尺ぐらい、目尻が吊り上がって、顎が尖ってましたね。年の頃は、三十かそこらでしょう。指物師だってぇが、この辺じゃ見かけたことのねえ奴でした」

「お役人にはその男のこと、伝えましたか」

「へい、界隈の岡っ引きの親分さんと町役さんに。けど、何で金具なんか持ってったのか、それがわからねえんで、みんな困ってやしたね。上等な品ですが、さして値が張るもんじゃなし、あんまり本気で捜しちゃくれねえでしょう」

「そうですか。では、ずばり聞きますが」

源助は、何事かと強張った。

「高崎屋さんの簞笥の引手に施した隠し細工のこと、他に知っている人はいますか」

源助が目を見張った。

「ご存知でしたか」

「高崎屋さんから、直に」

すり替えられた話は、出さない。源助は、ふうと息を吐いた。

「いいえ、あっしと覚蔵親方だけしか知りません。ついでに言うと、あの細工は一つ限りで、同じものも見本もありません」

「わかりました、ありがとうございました」

源助はどういうことなのか聞きたそうだったが、お美羽は、こちらでも何かわかりましたらお知らせします、とだけ言った。源助も、盗人は隠し細工を狙ったのだと悟っているだろうが、口には出さなかった。

「ねえねえお美羽さん、隠し細工って何？」

通りに出るなり、おたみが聞いてきた。

「あー、それはね。抽斗に隠し場所を作って、大事なものを入れておくの」

「へえ。高崎屋さん、そんなもの注文して、何を隠したかったんだろ。聞いてない？」

聞いてるが、言えない。

「きっと源助さんのところに入った盗人も、その秘密を狙ってたのね。なんだか、わくわくしてきた」

何を不謹慎な。おたみと一緒に来たのは間違いだったかもしれない。だがもう、手遅れだ。なおも食い下がるおたみを宥め、どうにか口止めをして、二ツ目之橋の袂でおたみと別れて家に向かった。


長屋に戻ったお美羽は、長次郎の家に行った。お喜代が、さっき長次郎を取り逃がしたのを悔やんでか、子供をおぶって門番よろしく障子の前に立っている。

「あ、お帰り、お美羽さん。あいつは、閉じこもっておとなしくしてるよ」

「お喜代さん、ごめんなさいね。もういいから、おうちの用事を片付けて」

お喜代はほっと胸を撫で下ろし、助かったよと言って、自分の家に入った。お美羽は一声かけて、長次郎の家の障子を開けた。

「長次郎さん、丸源に行って来たよ」

丸源と聞いて、また隅っこで丸くなっていた長次郎は、ぱっと顔を上げた。

「ああ……お美羽さん。どうだった」

「うん。女の家、っていうのはさすがにわからなかったけど、一つ大事なことがわかった」

お美羽は、源助のところに現れた指物師だという男の人相風体を話した。

「どう、長次郎さん。あんたに簞笥を作らせた連中の中に、そんな奴がいた？」

長次郎は、迷いなく答えた。

「間違いねえ。四人のうちの一人だ。そう言やあ……」

長次郎は懸命に思い出している。この六日で、最も張りのある顔つきだ。

「そうだ。俺に細かく指図して、並べてある材について話したのも、そいつだ」

「本物の指物師に見えた？」

「ああ。今から思えば、ほぞ組みのやり方について、指物師でねえと知らねえようなことも喋ってた。畜生め、もっと早く思い出しとくんだった……」

そんな様子を見て、お美羽は安堵した。長次郎は、ゆっくりだが元に戻りつつある。もう少し時をかければ、立ち直るだろう。

そこでお美羽は考えた。長次郎にどうしても確かめておきたいことがあるのだが、今その話をしても大丈夫だろうか。長次郎が最も触れたくないところのはずだ。

お美羽は躊躇った。だが、先延ばしにすれば解決が遅くなるだけだ。意を決して、尋ねた。

「ねえ長次郎さん。思い出したくない話だろうけど、聞くね」

長次郎の顔に、脅えが走った。それでも敢えて、お美羽は続けた。

「あんたを誘った女の人、本当に死んでたの」

長次郎の表情が固まった。一瞬、壊れてしまうかと思った。が、長次郎は瞬きすると、言った。

「俺が勘違いしたかも、って思うのかい」

「もしかして、と思ったんだけど」

長次郎は、力なくかぶりを振った。

「いや。死んでた。首には確かに痣があった。絵具やなんかで描いたんじゃねえ、本物の痣だ。触れて確かめた。触れたら、氷みてえに冷たかった。人形でもねえ、生身の肌だ。だけど、恐ろしく冷たかった」

長次郎は、それきり黙った。もう充分だ、とお美羽は思った。

「わかった。辛いこと話させちゃって、ごめんね」

長次郎は、辛うじて聞こえる程度の声で、「いや、いいんだ」と呟いた。お美羽は、そうっと長次郎の家を出た。

# 九

「金具屋の丸源だって！　くそ、何てこった」

覚蔵の仕事場で、お美羽の話を聞くなり弥一が叫んだ。

「丸源のこたァ、俺がもっと早くに思い付かなくちゃならなかったのに」

拳で膝を叩く弥一を、覚蔵が「まァ、もうわかったんだからいいだろう」と慰めた。

「それじゃあ、丸源から金具を盗んだ奴らは、それを長次郎に作らせた抽斗に取り付けた、と」

「ええ。長次郎さんは箪笥を組み立てるところまでで、金具付けと拭漆は見てないようです。長次郎さんを帰してから、自分たちだけで仕上げたんですね」

「最後まで仕上げたのは、抽斗一つだけだな。引手は丸源から盗んだ一つきりでいいし、前板一枚だけの拭漆なら、本職の漆職人でなくても、多少漆のことを知ってる指物師で何とかなるだろう」

覚蔵は、すっかり得心した様子だ。

「それで覚蔵親方。源助さんのところへ来た男に、心当たりはありませんか。そいつが指物師らしいんですけど」

「うん。それを俺も考えてたんだが」

覚蔵は、脇に置いた火鉢の縁を指で叩きながら、言った。

「聞いたような人相の奴は、覚えがねえ。本所深川界隈の指物師なら、大概わかるんだが」

「江戸中に指物師は、何百人といますからねえ。あまり考えたくはねえが、盗人と組むような奴も、一人や二人はいるでしょう」

弥一もそんな男は見たことがないようだ。喜十郎親分から青木様に話して、役人の手で捜してもらうしかあるまい。

「ねえ弥一さん、指物師の男を追うのが難しいなら、少し戻って高崎屋の中のことを調べたら、って思うんだけど。やっぱり、手引きがないと抽斗をすり替えるのは、難しいでしょう」

「ああ、それもそうですね」

弥一がすぐ賛同する。

「お初さんですかい」

「ええ。お店の中の噂とか、話してもらおうと思うの。女同士なら、話しやすいんじゃないかと思って」

「なるほど。長屋の井戸端と同じ要領だな」

覚蔵が笑って、手を打った。

「そうですね。お美羽さんなら、うまく行きそうです」

弥一も微笑んだ。こんな二枚目に真っ向から微笑みを向けられると、お美羽も落ち着かなくなる。つい顔が熱くなって、目を逸らした。

だが、同時に思った。高崎屋の話を出したのに、弥一は昨晩、高崎屋へ行ったことをひと言も言わなかったのは、なぜだろう。

翌日、お美羽は女衆の手が空きそうな頃合いを見計らって、高崎屋に出向いた。もう師走は目の前で、長屋では修繕の手配りや正月の下準備など、そろそろ手がけておくべき仕事がたくさんあるのだが、長次郎の一件が気になって手に付かない。

早く始末を付けたいのはやまやまだが、まだ終わりは見えていなかった。

高崎屋の店先の様子は普段と変わりない。小売の店のように入れ代わり立ち代わり客が訪れるわけではないが、時折り商家の番頭風の者やどこかの家中の侍が出入りしている。女衆の姿は表からは窺えないので、お美羽は裏手に回った。この前、お初の手引きで通った裏木戸を、こっそり開けてみる。

左の奥に、厨が見えた。数人の女衆の影が動いている。誰も来ないのを確かめ、少しの間見ていると、若い下女が一人、水汲みに出て来た。お初だ。

「お初さん、お初さん」

小声で呼んだ。お初がびくっとしてこちらを向く。あ、と目を見開いて、木戸に寄って来た。

「今度は、何ですか」

お初は後ろを気にしている。他の女衆に見咎められたくないのだ。

「ちょっと、話を聞けないかなと思って」

お初は眉根を寄せた。

「困ります」

「そんなに時はかからない。外へ出られるかしら」

「そう言われても……」

「お願い、迷惑かけないから」

お美羽は袂から、名高い菓子屋、鳥飼和泉（とりかいいずみ）の饅頭を出した。お初の目が釘付けになる。名は聞いていても、下女が口にすることはまずない高価な菓子だ。甘味で釣るのは心苦しいが、やむを得ない。

「お初、何してるの」

厨から呼ばわる声が聞こえた。お初は「はあい」と返してから、ごくりと唾を飲み込んで、お美羽に言った。

「四半刻ほどしたら、片付きます。ここで」

言うが早いか、お初はぱっと身を翻した。

四半刻ほど経ってから、お美羽は言われた通り裏木戸の前で待った。すると、木戸が音もなく開き、お初が半分だけ顔を出して、左右を窺った。お初は、お美羽を手招きした。

「本当に、少しだけですよ。あちらへ」

お美羽を見たお初は、高崎屋の隣の、道具屋の真裏を指した。そこへ行くと、使い古しの箪笥や道具が積んであり、ちょっとした隠れ場所になっている。お美羽はお初に従い、そこへ入った。

「それで、どんなご用ですか」

お初は、急かせるように聞いた。あまり時はない。お美羽はすぐ本題に入った。

「あの箪笥だけど、抽斗がすり替えられたこと、聞いた？」

「えっ、そうなんですか」

お初は素直な驚きを見せた。

「旦那さんと番頭さんが、一昨日の晩、凄く怖い顔で何か話し合ってましたけど、そのことだったのかな」

「きっとそうね。それで聞くんだけど、高崎屋の中に、旦那さんと仲の良くない人とか、お金に困ってるような人は、いる？」

「その人が、抽斗をすり替えて中身を盗った、って言うんですね」

頭のよく回る子だ。これなら話が早い。

「そうじゃないかと思う。さもなきゃ盗人の手引きをしたか、ね。どう？」

「どうって言われても、お店のことは……」

お初は、やはり渋った。お美羽は、その目を覗き込むようにして言った。

「お初さん、これは人助けなの。人の命に関わるほどのことなのよ。どうか教えて」

命に関わる、と言われてお初も動揺した。それでもまだ躊躇ったが、話してくれた。

「お金に困ってる人はいますけど、盗人に手を貸すほど追い込まれているような人は、さすがにいないと思います。旦那様は厳しい方ですけど、御大名や御旗本のお金を扱うお仕事ですから、それも当たり前かとみんな承知しています。仲が悪いとか、恨んでるとか、そういうことはないです」

お初の言葉は明快で、お美羽は少なからず感心した。初めに思ったよりずっと、しっかりした娘なのだ。だがお初の言う通りだと、疑わしい者はいないことに……。

「ただ、一つだけ気になるのは……」

お初はおずおずと付け足した。

「え、何？　何でも言って」

「はい。番頭の徳七さんなんですけど、ここ三月ほど、黙ってふいっと出かけることが何度もあって」

「ここ三月？　それまで、そんなことはなかったのね」

お美羽が念を押すと、お初は「はい」とはっきり答えた。

「わかった。ありがとう。気付かれないうちに、早く戻って」

お初はほっとしたように一礼すると、鳥飼和泉の饅頭を大事そうに懐に入れ、急ぎ足で戻って行った。

番頭の徳七か。帳場にいた、あの男。喜十郎親分に話して、早速見張ってもらおう。お美羽は得られた話に満足して、意気揚々と引き上げた。

長屋に戻ると、木戸を入ったところで、香奈江が一人でお手玉をして遊んでいた。香奈江はお美羽の顔を見ると、にっこり笑って挨拶した。

「お美羽さん、お帰りなさい」

「あら香奈江ちゃん、ただいま」

お美羽も微笑みを返す。

「一人でお遊び？」

「うん。お父上は、手習いから帰って来て、ずっと何か考えてるの。香奈江にわからない、難しいことみたい。だから、お邪魔しちゃいけないと思って」

「そう。偉いわねえ。じゃ、ちょっとお父上のところに寄ってみるね」

お美羽は香奈江に手を振って、山際の家に行った。

「山際さん、お邪魔します」

障子を開けると、山際は火鉢を脇に置き、小さな文机を前に端座していた。

「お考えのお邪魔をしてしまいましたか」

「ああ、いやいや。入ってくれ」

山際は頬を緩め、お美羽を手招いた。千江が立ち、ちょうど沸いたところですわと言って、白湯の入った茶碗を置いた。それで温まり、ほっと一息つく。

「主人たらもう半刻も、ここで腕組みして何か思案していましたのよ。手習いでもこの様子だったら、習いに来ている皆さんにご迷惑だったのでは、と心配で」

半分は冗談らしく、千江が笑った。

「いやいや、仕事はきちんとやっていたから案ずるな」

山際も笑いながら言った。それから真面目な顔になって、お美羽に言った。

「太田石見守のことについて、考えていたのだ」

「あの証文の御大名ですね。何か思い付かれましたか」

「うむ。太田家が御家として特別に大金を借り、それを御上に知られたくない、ということはやはり、考え難いな」

山際が言うには、近頃はどこの大名家も、札差を始めとする豪商から借金するのは当たり前で、その使い道について御公儀が細々と気にするようなことはあるまい、とのことだ。

「武器を買い集めるとか、隠し銀山を掘るために使うとか、そんなことでもあれば別だが、太田家は譜代だし、江戸から遠くない上総だ。これが薩摩の島津とかなら、もしやということもあろうが、とても隠れて何かするような土地柄とは思えぬ」

さすが山際だ。各家の事情にも、ある程度は通じているらしい。

「何かありそうな大名家には、御公儀が忍びなど放って、常に目を光らせておるしな」

山際はそうも言い足した。

「でも、何か表沙汰にできない不手際が起きて、それをもみ消すためにお金を使った、ということはありませんか」

一応聞いてみたが、山際はかぶりを振る。

「その程度なら、通常の借金を嵩上げして、やり繰りすればいい。わざわざ別建てで内密の証文を作るなど、却って危ない」

「なるほど……いちいちごもっともです。では、あの証文は何なのでしょう」

「考えられるのは、太田家の誰かが、個人として借りた、ということだな」

そういうこともあるのか、とお美羽は驚いた。山際が指すのは、高崎屋と花善で会っていた人物に相違あるまい。

「それはつまり……太田家の御留守居役か誰かが、ご自身の名前でお金を借りて、それを御家に知られたくなかった、そういうことですか」

山際が笑みを浮かべる。

「やはりお美羽さんは話が早いな。それならば、筋は通るだろう」

「はい。御家に知られたくないお金、というと、何でしょう」

「お美羽さんが、さっき言ったではないか」

さっき？　ああ、そうか。

「表沙汰にできないことをもみ消す、と」

「それだ。では、御家に対して表沙汰にできないこととは」

「そうですね……不義密通。公金横領。喧嘩の刃傷沙汰。多過ぎる賄賂。年貢の横流し。まだありますかね」

「まあ」

聞いていた千江が、目を丸くした。

「お美羽さんは、世の中のことを、よくご存知でいらっしゃるんですね」

一瞬、下世話だという嫌味かと思った。だが千江の顔を見ると、邪気なくただ感心しているようだ。勝てないなあ、この人には、とお美羽は内心で苦笑した。

「今お美羽さんが挙げた、どれであってもおかしくないな。口止め料か強請りの支払いか、使い込みの穴埋めか。そんなところだろう」

「でもそれなら、御家の普通の借金の中に、自分の分も紛れ込ませることはできませんか」

これには山際が、かぶりを振った。

「無理だな。勘定方を丸ごと抱き込まない限り、すぐにばれて藪蛇だ。自分で別途、調達するしかあるまい」

「それなら、証文を盗んだのは……」

お美羽が言いかけるのを、山際が引き取った。

「ああ。借金した御留守居役か誰かを失脚させるためかもしれん」

「もしかして、御家騒動ですか」

「あるいは、な」

これは話が大きくなってきた。お美羽は、背筋がひんやりするのを感じた。

一方、喜十郎の方はお美羽の話を聞いたものの、今一つ煮え切らない。

「番頭の徳七ってのが、時々消えると。それだけでどうとかって、言われてもな」

「でもですよ。徳七さんは、主人の善右衛門さんを除けば、箪笥の隠し細工のことを知ってた、ただ一人の人なんですよ」

「覚蔵と源助がいるだろ」

今さら、何を言っているのだ。

「親分は、そのお二人を疑ってるんですか」

喜十郎は顔を顰め、「いいや」と言った。一応言ってみただけ、という様子だ。

「お内儀と娘さんは、どうなんだ」

「そのお二人が寮に移ったのは、簞笥が届く前ですよ」

ふん、と喜十郎が鼻を鳴らす。まだ何かあら探しをしているらしい。お美羽は、畳みかけた。

「高崎屋の誰かが手引きしないと、すり替えはうまく行かないって、親分だってわかってるでしょう。徳七さんが手引きをしたなら、うまく収まると思いません？」

「だがなあ。旦那と不仲でもないのに、長年勤めた番頭がどうしてそんな真似をするんだ」

「だから親分にお願いしてるんじゃありませんか」

「徳七に張り付けってのか。俺だって暇じゃねえんだ。手下を使っても、四六時中尾け回すなんて、余程の裏付けがなきゃ、できるか」

自分の都合ではお美羽や山際の知恵を借りに来るのに、お美羽たちの都合で動かされるのは面白くないみたいだ。お美羽はだんだん苛立ってきた。

「もういいですよ。青木様に直にお話しして、どうお考えになるか聞いてみます」

そう言って立ち上がりかけると、喜十郎は慌てた。

「おっと待ちねぇ。あんたが青木の旦那を煩わせたとなりゃ、俺の顔が立たねえ」

「じゃあ、お願いできるんですね」

「……畜生、しょうがねえなあ」

喜十郎は、渋々首を縦に振った。


喜十郎は下っ引きに命じ、翌日から徳七を見張らせた。さすがに四六時中、ということはなく、店に出てから浅草阿部川町にある家に帰るまで、である。その間に店以外のどこかに出かけて、誰かに会うようなら、それを確かめろ、という指図であった。

お美羽が後から聞いた話では、初日は何も起きなかった。居酒屋などに寄ることもせず、店が閉まって半刻ぐらい後に、真っ直ぐ家に帰ったという。下っ引きたちは、これが毎日続くなら、つまらねえことこの上ねえな、と早くも思ったそうである。

二日目が過ぎ、三日目の朝。お美羽がいつもの通り、長屋のおかみさんたちと一緒に井戸端で洗濯を始めようとしたとき、喜十郎が現れた。

「お美羽さん、ちょっと」

喜十郎はお美羽を見るなり、木戸まで出るよう手で示した。お美羽は、もしや徳七について何かわかったかと期待して、喜十郎に近付いた。

「喜十郎親分、おはようございます」

挨拶してから声を低める。

「徳七さんのことですか」

「ああ。そうなんだが、あんたの思ってることとは、ちょっと違う」

喜十郎の表情は、いつになく硬かった。声音も重苦しい。

「いったい、どうしたんです」

「今朝早く、徳七の死骸が大川で見つかった」

# 十

　喜十郎が来たのに気付いた山際が顔を出したので、一緒に出向くことにした。喜十郎が言うには、八丁堀の青木が、お美羽の話を聞きたがっているらしい。

「死骸はどこで見つかったんだ」

　小走りに長屋を出て、山際が聞いた。

「吾妻橋の近く、材木町河岸でさぁ。明け六ツ（午前六時頃）を過ぎて明るくなりかけた頃、早番の材木人足が見つけたんで」

「ずっと見張っててくれたんじゃないんですか」

　徳七には一昨日から、下っ引きが目を光らせていたはずなのに。お美羽に言われて、喜十郎は渋面になった。

「あいつら、下手打ちやがった。情けねえぜ」

　三人は、仕事に出かける人々の間を縫って両国橋を渡り、材木町へ急いだ。

　案内された材木町の番屋に行くと、中で青木寛吾が、厳めしい顔つきで待っていた。

「旦那、呼んで参りやした」

喜十郎が告げると青木はこちらに顔を向け、寄れと手招きした。

「山際さん、あんたも来たのか」

夏の終わりの小間物屋の一件で、山際も青木とは顔見知りになっている。一度、飲んだこともあると聞いていた。

「やあ、どうも。殺しの場に、若い娘一人ではどうかと思って、ついてきました」

「わかった。何も、ホトケを見せようってんじゃねえから、安心してくれ」

青木は承知し、お美羽と山際に、上がり框に座るよう言った。

「朝から急に呼び立てて悪いが、こんな次第なんでな。お美羽、お前さん、この喜十郎に徳七を見張るよう頼んでたそうだな」

「はい。ちょっと怪しいところがありまして」

「だいたいは喜十郎から聞いてるが、あんたの口から詳しいことを聞きたい。長次郎だったか、その指物師が見えなくなったところから、一部始終だ」

「承知いたしました」

幾らかは端折(はしょ)ったものの、最後まで話すのに半刻近くかかった。

「そうか。全体を通してみれば、狙いは高崎屋だったことで間違いなさそうだな」

青木は得心したようで、一人で頷いている。

「ずいぶん手の込んだことをやったもんだ」

「徳七さんは、溺れたんですか」

お美羽が聞くと、青木は即座に答えた。

「匕首で刺されてから、川に放り込まれたんだ。殺しだよ」

お美羽は、ぞくりとした。これで、殺された者が二人になった。

「徳七さんに、間違いないんですね」

「番屋へ死骸を運んだ後、亭主が帰らないんで心配した女房が見に来てな。それで間違いねえ、ってことになった。高崎屋善右衛門も呼び出して、確かめた」

死骸は一通り検めたので、家に帰したそうだ。女房は打ちひしがれており、葬儀の方は高崎屋が面倒を見るらしい。お気の毒に、とお美羽は気分が重くなった。

「それで親分、下手を打ったというのは」

山際が、喜十郎に向き直って尋ねた。喜十郎は苦虫を嚙み潰したような顔をしている。

「昨日はうちの寛次って奴が、昼過ぎに交替してずっと付いてたんだが、店が終わって徳七が帰るのを尾けていると、家の二つ手前の角、阿部川町へ入るところで見失っちまったんだ。寛次の間抜け野郎め、家が目と鼻の先だったんで、てっきり先に家に入ったものと思い込んで、そのまま帰って来やがった」

　寛次は、こっぴどく叱られたことだろう。

「徳七に見張りを付けたのに気付いた奴らに、隙を衝かれたか」

「お美羽が言うように徳七が盗人一味に関わっていたとすると、口封じかもしれんな」

　青木が言ったところで、番屋の戸が開き、三十過ぎぐらいの、がっちりして目付きの鋭い男が入って来た。腰に十手が見える。この辺りの岡っ引きだろう。

「旦那、遅くなりやした」

「おう、丈吉。何かわかったか」

　丈吉、と呼ばれた岡っ引きは、「思わしくありやせんね」と告げた。

「阿部川町からこの辺まで、一通り歩いてみやしたが、夜遅くのことですからねえ。今のところ、何か見たか聞いたかしたって奴は、見つかりやせん」

「そうか。仕方ないな」

青木も、そうすぐに手掛かりが摑めるとは思っていないようだ。丈吉は、「へい」と頭を下げてから、喜十郎に声をかけた。

「南六間堀の親分じゃねえか。ホトケのことを探ってたってのは、本当かい」

「ああ」

短く応じてから、山際とお美羽に「俺と同業で、花川戸の丈吉だ」と囁いた。

「ちょいとな。北森下町の長屋の指物職人が、厄介事に巻き込まれてよ。ホトケが、それについて何か知ってると思ってたんだが」

喜十郎は、あまり詳しいことを話す気はないらしい。

「へええ。それでここまで出張ってきたのかい」

丈吉は訝し気な顔をしたが、目明しの仁義でもあるのだろう。厄介事が何なのか、聞き出そうとはしなかった。喜十郎が山際とお美羽について、その職人の長屋の連中だと話すと、丈吉は値踏みするような目でお美羽をじろじろ見た。

「お嬢さん、こう言っちゃなんだが、あんたみてえな年頃の別嬪が殺しに関わるなんて、止した方がいいぜ」

別嬪と言われるのは悪い気がしないが、丈吉の物言いは、心配より小馬鹿にしているように聞こえた。

「ええ。でも、うちの長屋の店子に関わることですから、放ってもおけなくて」

「そうかい。まあ、喜十郎親分とご浪人がついてるんなら、滅多なことはねえと思うが」

それだけ言って、丈吉は喜十郎に目を移した。

「見張ってたのに、見失ったって？」

はっきり言われた喜十郎は、歯軋り（はぎし）りするように「ああ」とだけ言った。丈吉は、せせら笑いのようなものを浮かべた。

「縄張りでもねえところで、慣れねえ手下に仕事させるから間違いが起こるんだ。俺ならこの辺のことは知り尽くしてるから、俺に言って任せてくれりゃあ、下手は打たなかったのに」

喜十郎は返す言葉がないようで、呻き声を漏らした。

「丈吉親分は、この殺しをどう見るのかな」

山際が言うと、丈吉はあっさりと答えた。

「ホトケの財布がなくなってた。まあ、物盗りにやられた、ってとこでしょう」

「しかし阿部川町からここまで、十二、三町はあるぞ。家のすぐそばまで帰ってから、どうしてこんなところへ来たのかな」

「そりゃあ、まだ何とも。急に思い立って、吉原へ行こうとしたのかもしれねえし、誰か女にでも誘われたのかもしれねえ」

　言ってから丈吉は、肩を竦めた。

「ま、これから調べまさぁ」

　横で聞いていた青木が、丈吉に言った。

「よし。ならば、阿部川町の周りをもっとよく調べておけ」

「承知しやした」

　丈吉は木戸番の淹れた白湯を一啜りして、番屋を出て行った。

「物盗りってことは、ないでしょうね」

　戸が閉まってから、お美羽は喜十郎に言った。

「まあ、奴は長次郎の話を知らねえわけだしな。奴の頭じゃ、そう思っても仕方ねえやな」

　喜十郎は丈吉に揶揄されたのが口惜しいらしく、嘲るような調子で言った。

「それにしても、寛次の馬鹿野郎め……」

喜十郎がまたぶつぶつ言い始めると、青木が窘めた。

「おい喜十郎。繰り言ばっかり言ってねえで、しくじりは手柄で取り戻せ。何年岡っ引きをやってやがる。さっさと行け」

「へ、へい。すいやせん」

尻を叩かれた喜十郎は、すぐに立ち上がった。

「山際さんにお美羽、今日はご苦労だった。また何か思い付いたら、知らせてくれ」

青木が言ったので、二人は一礼し、喜十郎の後を追った。顔つきは厳めしいままの青木だが、この前の小間物屋の一件以来、お美羽と山際には一目置いているようなのが、言葉尻に表れていた。

四、五町歩いたところで、思いがけず弥一が駆けて来るのに出会った。

「あッ、お美羽さんに山際さん。ちょうど良かった」

弥一は二人の前で足を止め、はあはあと息をついた。

「高崎屋の徳七さんが殺されたってのは、本当ですかい」

「ええ。今、そのことで八丁堀の青木様に呼ばれて、材木町まで行って来たところなの」

お美羽は、番屋で聞いた話を手短に伝えた。

「それじゃ、喜十郎親分の手下が見張ってたのに、その目をくぐって？　驚いたな」

弥一は、やれやれと首を振った。

「もし口封じってことなら、またこれで手掛かりが切れちまった、てぇことですかい」

「そうがっかりしないで。口封じしたってことは、相手が恐れるほど、こっちが近付いてるってことでしょ」

「そうとも。それに、殺しなどやったら、新しい手掛かりがどこかに残ってしまう。それは捜せば、きっと見つかる。口封じなんて、所詮藪蛇だよ」

お美羽と山際に言われて、弥一は目を見開いた。

「へえ、なるほど。こいつァ、目から鱗だ」

弥一は、落胆していないお美羽と山際に、すっかり感心しているようだ。

「それにしてもお美羽さん、殺しと聞いても、全然びくついちゃいませんね。すげえ度胸だ」

「え、そんなことないよ。聞いたときは寒気がしたもの」

そうは言ったが、青木と喜十郎に詳しい話を聞いてから、却って意気が揚がっているのを自分でも承知していた。

「あー、その、それで一ぺん聞いてみたいと思ってたことがあるんですが……」

弥一が急に顔を赤らめ、もじもじしながら言った。あら、何だろう。もしかして、いい話？　お美羽がちょっと頬を熱くすると、弥一が声を落として尋ねた。

「お美羽さんが、しつこく言い寄ってきた男を大川へ叩っ込んだってのは、本当ですかい」

「ちがーーう！」

思わず声を張り上げたので、前を歩く山際だけでなく、通りを歩いていた何人もが、仰天して振り返った。

あれは、川開きの日に言い寄って来た男が手まで摑んできたので、強く振り払ったところ、足をもつれさせて勝手に川に落ちたのだ、と話し、どうにか弥一には得心してもらった。まったく、こんな風に噂が独り歩きするので、大いに迷惑している。欽兵衛に言わせると、それも元はと言えばお美羽のせいで、その性分が良縁を遠ざけているのだ、となるのだが。

弥一と別れて長屋へ戻ると、やりかけた洗濯物は、お喜代が代わって干してくれていた。もう昼時を過ぎている。長次郎の様子を聞くと、今日は家から出て、長屋の皆に詫びていたそうだ。殺しの罪についてはまぶらりんのままなので、長屋の皆としてもどう接すればいいのか、困惑が見られるという。早く何とかしてあげなくちゃ、とお美羽は改めて思った。

「また殺しだって。お前、本当に大丈夫かい」

欽兵衛は、落ち着かなげに言った。お美羽がまた後先考えず突っ走るのでは、と気が気でないのだろう。

「山際さんも喜十郎親分もついてるから、大丈夫よ。それに、弥一さんも」

弥一の名を出したとき、ほんの少し赤くなったようだ。さすがに鈍感な欽兵衛も、何か感じたらしい。

「そうかね。あの弥一って職人は、なかなかの男ぶりじゃないか。周りの評判もいいみたいだねえ」

そんなことを言った。

「そ、そうね。兄弟子思いの、とってもいい人よ」

声が僅かに高くなった。ちらっと欽兵衛の顔を窺うと、何かを期待するように微笑んでいた。

夕方近くなって、売れ残った野菜を値引きする棒手振りの声が聞こえ、表に出て大根を買った。家に戻ろうとしたとき、二ツ目通りを歩いて来る喜十郎の姿が見えた。下っ引きを一人、連れている。

「あ、喜十郎親分、お帰りなさい。今朝がたは、どうもお世話様でした」

おう、と手を上げた喜十郎は、今朝よりはだいぶ機嫌がいいように見えた。

「こっちこそ面倒かけた。その大根は、何だい」

お美羽は両手に一本ずつ持った大根を見て、顔を赤らめた。何だか間の抜けた格好だ。

「今、買ったばかりなんです。ちょっと待って」

お美羽は家に駆け込んで大根を置くと、すぐ通りに戻った。

「それで親分、何か動きがあったんですか」

「おう。こいつが昨夜、しくじった寛次だ」

顎で指された寛次は、まだ二十歳前の若い衆だ。俯いて頭を掻いた。

「ほんとに、面目ねえ話で。親分にも恥かかせちまって、申し訳の次第もありやせん」

「だが、今日一日でちょいとばかり取り返したぜ。舟を見たって奴を見つけ出したんだ」

「舟を？」

問い返すと、寛次が頷いた。

「へい。徳七さんを見失った阿部川町は、横をずっと新堀が通ってやす。それで、もしやと思って堀沿いを聞いて回ったんでさ」

新堀は、御蔵前から東本願寺横を抜け、坂本村（現在の台東区入谷）まで真っ直ぐ南北に通っている水路だ。南の端は、御米蔵のところで大川に繋がっている。

「そこを徳七が消えて少し経った頃、舟が通ったらしいんだ。どんな舟だと思う」

喜十郎がニヤリとするので、すぐ思い当たった。

「もしかして、屋形舟ですか。何の印もない」

「そうよ。長次郎を乗せたのと、おそらく同じ舟だ。この季節に新堀みてえな広くもねえ堀で屋形舟なんて、滅多に見るもんじゃねえから、覚えられちまったのさ」

「じゃあ、その舟で徳七さんを……」

「舟で殺したか、殺してから死骸を舟で運んだか、どっちかわからねえが、阿部川町で殺しがあったような跡は見つからねえから、舟の方だろう。奴ら、御米蔵から大川を上って、吾妻橋を過ぎて人目のねえところで、死骸を川に放り込んだんだ。それが材木町河岸まで流れて来たのさ」

「あっしがもうちょっと気を配ってりゃ、舟を見たかもしれねえんだが、阿部川町の中で徳七さんを捜してうろうろしたもんだから、見逃しちまって」

寛次は、なおも恐縮している。どうやら、間一髪だったのだろう。

「新堀まで乗り入れたってことは、あの辺の川筋に詳しい船頭が操ってたんでしょうね」

「おっ、いいところを衝くじゃねえか。で、明日から新堀、鳥越川、山谷堀の一帯を聞き回る」

お美羽は頭の中に絵図を描いてみた。

「それって、吉原の向こうから御蔵前まででしょう。広過ぎやしませんか」

「なあに、川筋だけなら何とかなるさ。まあ、見てろ」

喜十郎は、それじゃと言ってさっさと歩き出した。寛次がへいこらとついて行く。丈吉に小馬鹿にされた格好なので、どんなもんだと見返してやりたいのだろう。お美羽は微笑んで、家に入った。

## 十一

翌日は、山際の手習いが休みの日だった。お美羽は朝の仕事を終えてから、山際の家に行った。

「高崎屋へ、また行くのか」

山際は、少し驚いたように言った。

「ええ。徳七さんのお悔やみに、と言えば善右衛門さんも無下にはしないでしょう。あんなことがあったんですから、もう少しいろいろとお話しいただけるかも、と思って」

「確かに、番頭殺しにまで至ったのだから、隠し事などしておれないかもしれぬが」

山際は、あまり気が乗らないようだ。

「そもそもお美羽さんが、そこまですることはあるまい。喜十郎親分や青木さんに任せておけばいいだろう」

「それはそうなんですけど、どうもこのままにしておけなくて」

山際の言うことは正しいが、関わり合った物事に白黒つけないと収まらない、というお美羽の気質は、どうにも止め難かった。曲がったことが大嫌いな職人だった母方の祖父の血を、濃く受け継いでしまっているのだ。

「まあ、長次郎のことを早く決着させてやらねば、という気持ちはわかる」

「人助けなのでしたら、いつもお世話になっているお美羽さんや長屋の方たちのことですから」

また千江が脇から口添えしたので、山際は仕方ないと降参した。

「では、行ってみるか」

「ありがとうございます」

香奈江が無邪気に、「父上、行ってらっしゃいまし」と畳に両手をついて送り出した。


高崎屋はいつも通り店を開けていたが、明らかに重苦しい気配に満ちていた。手代や小僧の顔に浮かぶ愛想笑いも、取って付けたように硬かった。昨日の今日だ。無理もない。

「皆様にはご心配をおかけしまして、大変申し訳ございません」

善右衛門は、顧客でもないお美羽たちにも、丁重に頭を下げた。

「いや、このたびのこと、心よりお悔やみ申し上げる」

山際の挨拶に続き、お美羽が香料を差し出した。善右衛門は恐縮しながら受け取った。

「徳七さんは、長くこちらにお勤めだった方と聞いておりますが」

お美羽が言うと、善右衛門は沈痛な顔になった。

「小僧から三十年近く、地道に勤め上げてきた、信の置ける者だったのでございますが……手前どもとしましても、誠に残念です」

さてどうしよう、とお美羽は躊躇った。自分で言い出して来てみたものの、徳七と盗人との関わりについて何か知らないか、とあけすけに聞くのはさすがに礼を失する。それでも聞かなければ、来た意味がないし……。

口籠もっていると、山際が代わって聞いてくれた。

「高崎屋殿、こんなことをお尋ねするのは心苦しいが、例の簞笥のこととの関わりについて、お役人から何か聞いておられるか」

善右衛門の顔が、歪んだ。それでも、正直に話してはくれた。

「はい、聞いております。有り体に申しますと、徳七が盗みの手引きをした上、口を塞がれたのではとお考えのようで」

山際は、重々しく頷いた。

「高崎屋殿としては、信を置いていた番頭がそのようなことをするとは、信じ難いであろうな」

「はい。誠にその通りで……」

お美羽は、おや、と思った。善右衛門の答えに、一瞬の間があったのだ。山際も、それに気付いたらしい。

「高崎屋殿。何かあるのか」

善右衛門の肩が、僅かに震えたように見えた。

「お聞かせいただくわけには、参らぬか」

山際が迫ると、善右衛門は俯き加減になって、膝に置いた手を握りしめた。二つ三つ瞬きする間、そのままじっとしていたが、やがて溜息をついて顔を上げた。

「簞笥のことを見抜かれたお二方です。包み隠さず申し上げましょう。三月ほど前のことです」

善右衛門は苦渋を見せながら話し始めた。

「うちの女中の一人が、浅草寺の境内の隅で、徳七が誰ともわからぬ女と会って話しているのを見かけたのです」

「女、ですか。どのような」

「はい。女中が申しますには、二十五、六の年増で、大変に、何と申しますか、色気のある美人だったと。二人は、人目を避けているような様子だったそうで」

山際がお美羽と同じことを思ったのが、目付きでわかった。

「それで店の者に確かめましたところ、二月前には、徳七がそれらしい女と小料理屋に入るのを、手代の一人が見ておりました。田原町の、笹屋という店です」

「こう聞くのは何だが、徳七は、女にはその……」

山際は語尾を濁したが、善右衛門は残念そうに言った。

「お察しの通りです。徳七は商いの方に関しては、文句のつけようはございませんが、こと女子につきましては……いささか軽いところがございまして」

「つまり、女癖は良くなかった、とおっしゃるのですね」

お美羽が直截に言うと、善右衛門は「左様で」と仕方なさそうに答えた。女房がいるのに浮気を続けていたのなら、美人局を仕掛けるには、持って来いの相手だろう。

「どうやら徳七さんは、その女に嵌められたみたいですね」

「手前も、そうではないかと思います。女の話は今朝知ったばかりですので、まだお役人にもお伝えしておりません」

「承知いたした。よく話してくれた。かたじけない。役人には、私からも伝えておく」

山際が礼を述べると、善右衛門は、何卒よしなにと畳に手をついた。


「長次郎さんを嵌めたのと、同じ女ですよね」

高崎屋を出るなり、お美羽は言った。山際も「うむ」と即座に応じる。

「青木さんが言ったという、霞のお薗とかいう女だろう。しかしこうなってくると、長次郎が手にかけたという話が、ますます信じ難くなってくるが」

「でも、長次郎さんが言うには、間違いなく死んで冷たくなっていた、と。酔いは醒めてたでしょうから、多少暗くたって、死んだふりをしている人間とか人形とかで騙されはしないでしょう」

「だとすると、女を犠牲にするほど高崎屋の証文は値打ちのあるものだった、ということか」

「或いは、知り過ぎた女が邪魔になって口を塞ぎ、長次郎さんに罪を被せたのかも」

言ってからお美羽は身震いしたが、山際は感心したようだ。

「なるほど、一石二鳥か。それは充分考えられるな」

それから山際は足を止めて、言った。

「で、お美羽さん、これからどうする」

お美羽はほんの少し考えてから、来た道を振り返って、言った。

「浅草寺と、小料理屋へ行ってみましょう」

両国橋へ向かいかけていた二人は、向きを変えて逆戻りし、浅草寺の表参道である風雷神門広小路に入った。左右に参詣人目当ての店が軒を連ね、常に賑わっている通りだ。風雷神門をくぐると寺内に入り、参道の両側に日音院、実相院、長寿院といった浅草寺の寺中寺院が並んでいる。お美羽と山際は、そのまま仁王門へと進んだ。

せっかくだからと御本堂にお参りして、ざっと境内を見回した。広大な敷地に、数十人の参詣人と僧侶の姿が見える。お美羽は困惑した。

「徳七さんが女と会っていた隅って、どこでしょうね」

「うむ。広過ぎて見当がつかんな」

山際も、どうしたものかと考えている。

「まあ、聞くだけ聞いてみるか」

お美羽と山際は、歩いていた僧侶、竹箒を使っていた寺男、御札を売っている僧侶と順に聞いて回った。だが、やはり案じていた通りだった。

「三月前でございますか。それはちょっと。何しろご覧の通り、毎日大勢の方々が出入りしておられますから」

皆が異口同音に言った。もっともな話だ。余程のことがない限り、覚えてはいないだろう。逆に言うと、密会するのには向いた場所だ。

「駄目だな。小料理屋に行くしかあるまい」

山際は早々に諦めを口にした。お美羽も、そうですねと従い、二人は境内を出て田原町へと歩いた。

笹屋は、竈を作る職人の店が多く集まっているへっつい横町から、少し西に入ったところにあった。こぢんまりした、居心地の良さそうな店だ。暖簾は出ていない。

夜の仕込みの最中なのだろう。

「ご免下さい」

お美羽は、戸を開けて呼ばわった。奥から「へーい」という声がして、中年の羽織姿の男が出てきた。ここの主人らしい。

「相済みません。手前どもは、夕七ツ（午後四時頃）からになっておりますので」

出直してくれ、と言うのだが、山際は構わず聞いた。

「申し訳ないが、客ではない。ちと尋ねたいことがあってな」

主人の顔が、難しくなる。

「どんなことでございましょう」

「二月前、ここで会っていた男と女についてだ。男は札差の番頭でな」

山際は、徳七と女の人相風体を、できる限り詳しく話した。

「そのお二方についてお知りになりたいとは、何故でございますか」

主人が訝し気に聞いてきた。それにはお美羽が答えた。

「その番頭さんは、一昨日の夜、殺されたのです。それで、ここで会っていたという女の人を捜していまして」

「あなた方は、八丁堀のお方で」

「いいえ。ちょっとした縁がございまして」

「縁……ですか」

役人ではないと知って、主人は少し肩の力を抜いたようだ。

「生憎ではございますが、お客様のことについて、見ず知らずのお方にあれこれと申し上げるのは、いささか。それに、二月も前に一度きりとなりますと、とても覚えてはおりません」

そう言われては、何も返せない。が、山際が言った。

「一度きり、と言ったが、その二人は他の日に来たことがないのだな」

「はい、左様で」

「おや、覚えていないのではなかったか」

主人は、ぎくっとしたように見えた。しかし、すぐに平然とした顔に戻った。

「度々来られるお客様ならば、無論覚えております。覚えていないということは、一見限りのお客様だった、ということでございます」

「なるほど。わかった。邪魔をして済まなかった」

山際は話を切り上げ、お美羽を促して表に出た。

「ここのご主人、何か知っていそうに見えましたね」

歩き出してお美羽が言うと、山際も「そのようだな」と認めた。

「もっと食い下がってみても良かったのでは」

「いや、駄目だろう。あの様子では、知らぬ存ぜぬを通されるだけだ。喜十郎親分か青木さんに話して、後は任せた方がいい」

お美羽としては残念だったが、山際の言う通りだ。口を割らない相手には、十手の威光と手慣れた奸智が必要だろう。
二、三町ほども進んだとき、前から見た顔の男がやって来た。羽織を着て着物の裾をからげ、いかにも目明し然とした出で立ちだ。花川戸の丈吉だった。
「お、あんた方、昨日材木町で会ったな。こんなとこで、何してるんだ」

「いや、ちょっと気になることがあってな」

山際は、簡単に徳七のことを話した。丈吉の顔が険しくなる。

「山際さん、でしたね。こんなお嬢さんを連れて、役人の真似事ですかい。感心しやせんね」

「いえ、私がお願いして、ついて来てもらったんです」

お美羽が口を出すと、丈吉はますます面白くない、という顔をした。

「娘だてらに岡っ引き紛いのことをやるなんざ、褒められたもんじゃねえな。喜十郎親分はどう言ってるのか知らねえが、ここは俺の縄張りだ。事情はそれなりにあるんだろうが、俺たち玄人に任せて、さっさと家へ帰りな」

喜十郎にも度々同じことを言われるので、お美羽は逆らわなかった。

「ええ、そうします。なら丈吉親分、女のことは調べていただけますね」

「その徳七が会ってた女のことか。笹屋は何か言ってたか」

「いえ、何も知らないって」

「ほらな。もっと何かなきゃ、捜しようがねえ」

丈吉は木で鼻をくくったように言った。

「八丁堀の青木さんは、霞のお薗って女のことを言っていたそうだ。親分は、その女のことを聞いてるか」

「霞のお薗？　ああ、噂は聞いたことがありやすが、よくは知らねえなあ」

「徳七と会っていたのは、そいつかもしれん」

「へえ。そう決めちまって、いいんですかい」

丈吉は疑わし気に言う。

「決めるのは早計かもしれんが、どう考えても怪しい。捜してみてくれ」

「ええまあ、青木の旦那もそう思ってるってんなら、捜してみやすがね。ま、ともかく、余計なことに首を突っ込まねえでいておくんなせえ。あっしはこれで」

丈吉はそう言い捨てて、すたすたと行ってしまった。

「何だか嫌な感じですねえ」

お美羽は丈吉の後ろ姿に顎をしゃくって、言った。

「縄張りに土足で入って来られたんだ。面白くないのはわかる。仕方あるまい」

山際は物分かりよく言って、肩を竦めた。

「あの親分、ちゃんとお蘭さんを捜してくれそうな気がしないんですけど」

「それも、仕方あるまい。青木さんに直に話しておいた方がいいかな」

山際の言葉にも拘わらず、お美羽は自分で捜したい、と腹の内で思っていた。やり過ぎ、と頭ではわかっているのだが、憔悴した長次郎の顔が、どうしても浮かんできてしまうのだ。

昼餉を食べていなかったので、小腹が空いてきた。中途半端な刻限で、さっきの笹屋と同様、飯屋も居酒屋も夜の仕込みの最中だ。茶店の饅頭で間に合わせ、お美羽は山際に、引っ張り回して申し訳ありませんと詫びつつ、両国橋へと向かった。日はもう、だいぶ傾いている。

御蔵前通りの南の端は浅草橋で、それを渡ると浅草御門を抜けて、両国広小路に出る。浅草橋の手前で、お美羽は小間物屋の店先にちょっといい簪（かんざし）を見つけ、足を止めた。山際に断り、手に取って見入る。だが、もみ手をして寄って来た手代に値を聞き、すっぱり諦めた。

「済みません山際さん、こんなところでお待たせしましまして」

照れ笑いしながら謝ると、山際は通りの北の方をじっと見ていた。

「あれ、山際さん、どうかなさいましたか」

「うん？　ああ、いや」

山際は、すぐお美羽の方に顔を戻した。

「今、弥一が通ったように思ったんでな」

「え？　弥一さんが？」

お美羽は山際が見ていた方に目をやった。すると、暮れなずむ通りの雑踏の先に、それらしい紺色の着物の背が見えた。

「ああ……そうみたいですね」

仕事が終わってすぐ、亀沢町から歩いて来たらしい。だが、どこへ行くのだろう。

「高崎屋の方へ向かっているみたいだが……」

山際が、何気ない調子で呟いた。お美羽は、眉をひそめた。先日、喜十郎が高崎屋の裏から出て来る弥一を見た、と言っていたのを思い出したのだ。弥一はそのことについて、何も言わないままだ。お美羽が尋ねていないからかもしれないが。

そこでまた、ふっと思った。昨日の朝、徳七の死骸が見つかったとき、駆け付けてきた弥一と帰りがけに会った。だが、弥一は徳七のことをどこで聞いたのだろう。弥一のところへも覚蔵のところへも、誰も知らせには行っていないはずだが。

首を傾げるうち、足が止まった。もう一つ、考えていなかったことがあった。盗人一味が長次郎を罠に嵌めたのだとすると、長次郎が覚蔵を手伝って高崎屋の箪笥を作ったことを、どうやって知ったのだろう。覚蔵の下に職人は何人もいるが、覚蔵一人で作ったとは、考えなかったのだろうか。

「まさか……」

「お美羽さん、どうかしたかな」

呟きが声に出たのか、山際が尋ねた。

「あ、いえいえ、何でもありません」

慌てて打ち消し、浅草橋を渡った。川風が冷たかったが、お美羽が寒気を覚えているのは、そのせいばかりではなかった。

## 十二

次の日は何事もなく過ぎたので、お美羽は弥一のことを頭から閉め出し、溜まっていた長屋の仕事をてきぱきと片付けた。大工の甚平(じんぺい)に木戸の手直しを頼み、畳屋に畳替えと、餅屋に正月の餅を注文した。もう師走に入っているのだ。掃除をして、十三日の煤払いの段取りをして、飯の支度をすると、あっと言う間に一日が終わってしまった。この分だと、明日も忙しいなと思って床に就いたのだが、その明日になってみると、全く違う成り行きが待っていた。

「ご免よ。欽兵衛さん、邪魔するぜ」

昼も過ぎ、用事が一段落したところで、喜十郎がやって来た。表口に出てみると、喜十郎は何やら勢い込んだ様子だ。

「親分、今日はまたどうしたんだね」

欽兵衛がのんびり聞くと、喜十郎は慌ただしく言った。

「長次郎だ。奴を連れて行く」

お美羽は驚いた。急に何事だ。

「まさか、大番屋に？」

「そうじゃねえ。奴が連れ込まれたってぇ家らしいのが、見つかったんだ」

「ええっ、本当ですか」

お美羽は大声を上げた。

「おうよ。だから、長次郎を連れて行って、確かめさせる。奴は家だな？」

「はい。ずっと、おとなしくしてます」

お美羽はすぐに立って、欽兵衛が動く前に喜十郎と長次郎の家に行った。

長次郎は、前よりましとは言うものの、生気のない姿のままだ。お美羽に続いて喜十郎が入って来ると、怯えたように縮こまった。

「長次郎さん、しっかりして。あんたの言ってた家が見つかったみたいなの。箪笥を作らされた家」

敢えて女に連れ込まれた家、とは言わなかった。長次郎は目を見張った。

「そ、そりゃあ本当ですかい」

「それを確かめるんだ。一緒に来い」

否も応もなく、長次郎は引っ張り出された。隣の栄吉とお喜代を始め、長屋の面々が揃って顔を出し、心配そうに見つめている。喜十郎が、それを十手で振り払った。

「またしょっ引こうってんじゃねえんだ。いいから、みんな家に引っ込んでろ」

お美羽は、大丈夫だからと皆を安心させ、一緒について行った。

「あんたも来るのか」

途中で気付き、喜十郎がまたかとばかりに言った。

「長次郎さんの身柄を預かってますから、全部見届けないと」

そりゃあ欽兵衛さんの役目じゃねえのか、とぶつぶつ言いながらも、喜十郎はお美羽を追い返すことはなかった。長次郎は縄に繋がれ、行き交う人たちから見えないように、下っ引きの寛次が袖で隠している。それを痛ましく思いながら、家が見つかったことで一気にこの一件が片付くのを、お美羽は切に願った。

半刻余りも歩き、着いたのは山谷堀だった。浅草寺から五、六町北側になり、「浅草の奥」という話に符合する。

「あれだ」

喜十郎が指したのは、塀で囲われた大きな家だった。古びてはいるが、しっかりした造りだ。

「この先って、日本堤（にほんづつみ）を通って吉原ですよね。ここは？」

「浅草新鳥越町（あさくさしんとりごえちょう）だ。すぐ裏が山谷堀で、直に舟が着けられる。羽振りの良かった建具屋が使ってたらしいんだが、借金作って夜逃げしたそうだ」

つまり、仕事場を備えた家、というわけか。確かに、ぴったりだ。借金と言うが、もしかしたらその建具屋も、お薗の美人局に引っ掛かって家を取られたのかもしれない。

「どうやって見つけたんです」

聞くと、喜十郎は得意顔になった。

「屋形舟に絡んで、この辺の川筋を調べると言ったろう。新堀じゃあれ以上何も出なかったが、こっちへ来た途端、時々屋形舟が夜通し舫われている家ってのを、聞き込んだんだ。そしたらその家、建具屋が夜逃げしてから、誰も使ってねえはずだ、って言うじゃねえか。そこでぴんと来たんだ。誰もいねえのを確かめて、押し込んで見たら、やっぱりと言うか、長次郎の話にあった家とそっくりだ。こいつは大当たりだってんで、旦那に知らせたのさ」

これで丈吉の野郎も恐れ入るだろう、と喜十郎はご満悦である。

「こっちだ」

喜十郎の案内で、開きっ放しの木戸から中に入った。小者が三、四人、棒で草をかき分け、地面を探っている。何か捜しているようだ。

家の中に入ると、畳敷きの八畳間が二つ、六畳間が一つあった。空家のはずが、綺麗に掃除されて埃もない。炬燵や行灯まで揃っている。襖の開いた押入れには、布団が畳んで入れられているのが見えた。

「誰か普通に住んでる、って趣ですね」

お美羽が言うと、喜十郎も「そうだろ」と応じた。

「そこの障子を開けると、庭先に石段があって、その下に舟を着けられる。この辺は、冬でも吉原へ乗り込む屋形舟がよく通るが、吉原から少し離れたところで舫ってる舟は多くねえ。やっぱり、舟が鍵だったぜ」

言いながら喜十郎は、一旦家を出て奥に進んだ。三間ほど離れて別棟があり、そこへ入ると中は広い板敷きになっていた。長次郎が言っていた隣の家、というのは、このことだろう。板敷きの真ん中で、青木が膝をついて床を調べていた。

「旦那、長次郎を連れて参(めえ)りやした」

「おう。こっちへ呼べ」

喜十郎が振り向き、大声で寛次に長次郎を連れて来いと命じた。青木はお美羽がいるのに気付き、眉を上げた。こんなところまで何だ、と言いかけたようだが、そのとき、長次郎が寛次に背中を押されるようにして、別棟に入って来たので、開きかけた口を閉じた。

「あ、ああ、ここは……」

入って中を見るなり、長次郎は呻くように言った。

「長次郎。お前が箪笥を作らされたってのは、ここに間違いないか」

青木が問うと、長次郎は目を剝き、声を震わせた。

「ま……間違いございやせん。ここです」

長次郎は、床を順に指差していった。

「そこに材がまとめてあって……俺はそこに座って……道具とかは、その辺に」

「わかった。外で待て」

青木はそう命じると、再び床に目を落とした。

「木屑がずいぶんと落ちてる。箪笥を作った残り滓か。だが、ここは建具屋の跡だ。木屑があっても、誰も妙には思わねえ。うまい家を見つけたもんだ」

青木は変に感心した様子で、板敷きを歩き回った。

「旦那」

小者の一人が顔を出して、声をかけた。

「敷地全部、捜してみやしたが、ホトケを埋めた様子なんざ、ありやせんぜ」

そうか。小者たちは、女の死骸がここに隠されていないかと捜していたのか。

「ふうん。他所へ運んで埋めたか、舟で大川へ持ってって石でも抱かせて沈めちまったか。まあ、連中は少なくとも四人はいたってぇから、死骸を始末する方法は幾らでもあるわな」

青木は、首筋を叩いた。

「念のため、長次郎に座敷も見せてみろ」

お美羽は、それは気の毒だと思ったが、喜十郎は有無を言わせず、長次郎を座敷に引っ張り上げた。長次郎は座敷に足を踏み入れると、全身を震わせた。

「ここだ……ここで俺は、あの女を……」

真っ青になっている長次郎を見て、お美羽はもういいでしょうと喜十郎を睨んだ。青木が先に察し、手を振って長次郎を退出させた。

「よし、押入れから布団を出して見てみろ。何か跡が残ってねえか」

絞め殺されたのなら、失禁の跡があるだろうということだ。お美羽に気を遣って、あからさまな言い方は避けたようだが、お美羽も首吊りの死骸がどうなるか、は聞いたことがあった。娘たちにも、怖いもの見たさ、というのはあるのだ。

喜十郎たちは布団を下ろして、広げた。特に目立つ染みなどはない。

「殺しに使った布団なんざ、とうに始末しちまったんじゃねえですかい」

喜十郎が言うと、そうかもな、と青木も応じた。

「布団の中で殺したのは、間違いねえんだな」

青木が念を押すように言った。喜十郎が「そのはずで」と答える。お美羽も言った。

「長次郎さんは、横に寝てる女の人に触れてみたら、氷みたいに冷たかったって言ってます。間違いないでしょう」

「そうか」と言った青木が、ふいに眉間に皺を寄せた。

「氷のように冷たかった？」

「ええ。何かご不審ですか」

青木は、ふーんと唸ってから顎を掻いた。

「長次郎がここに着いたのは、四ツ前頃だろう。いきなり首を絞めるはずはねえから、殺しがあったのはまず九ツ（午前零時頃）から八ツ（午前二時頃）の間ってとこだな。で、起こされて女が死んでるのに気付いたのが、まだ薄暗いときだってぇから、明け六ツぐれえか。ふむ」

様子を見ていた喜十郎が、首を傾げる。

「旦那、何なんですかい」

「いくら冬場とは言え、死んでから二刻やそこらで、布団に入ってた死骸が、氷みてぇだと言うほど冷たくなるか、ってことだよ」

喜十郎が、えっという顔になった。いきなり青木が小者に叫んだ。

「おい、江戸の絵図はねえか」

「え？　番屋に行きゃあ、あると思いますが」

「すぐ取って来い！」

小者はすぐさま飛び出した。

「あの……青木様？」

お美羽が恐る恐る声をかけると、青木は待て、と言った。

「考えてることがある。ちょっと待ってろ」

小者が戻るまで、黙ってしばらく待った。小者は折り畳んだ絵図を小脇に、お待たせしましたと叫んで駆け込んで来た。青木は絵図をひったくるようにして受け取ると、さっと床に広げた。

「新鳥越町は、ここだな」

そう呟くと指を当て、山谷堀を上手の方になぞっていく。そして、ある一点で指を止め、そこを叩いた。

「思った通りだ。こいつを見な」

喜十郎とお美羽が覗き込むと、そこには「浄閑寺」と書かれていた。山谷堀がぐっと左に曲がり、また右に曲がるところで、場所は三ノ輪の辺りだ。喜十郎が膝を打った。

「そういうことか……」

「親分、浄閑寺に何が？」

「お美羽さん、聞いたことねえか。浄閑寺ってのは、死んだ吉原の女郎を埋める寺だ」

言われて思い出し、お美羽はあっと声を上げた。そこは、吉原の女郎が病などで死んで引き取り手がないときや、掟破りの情死などした場合、死骸を片付けてもらう寺だ。ようやくお美羽にも、青木の考えが読めた。

「じゃあ、こういうことですか。長次郎さんが自分が殺したと思った死骸は、実は浄閑寺から運ばれたものだ、と」

青木が頷いた。

「だとしたら、辻褄が合うだろ。屋形舟で女郎の死骸を運べば、誰にも見られんで済む。霞のお薗が噛んでるなら、そのぐらいのことはやりかねん。自分と背格好の似た新しい死骸を手に入れて、長次郎が酔いつぶれて寝てる間に、入れ替わったんだ。多少顔が似ていなくても、薄暗い上に動転してたなら、すっかり騙されたとしてもおかしくねえ。用が済んだら、死骸は墓場に戻しゃいい」

「それじゃあ、長次郎さんは騙されただけで、殺しに関しては無実……」

良かった。本当に良かった。お美羽は涙が出そうになった。が、青木が水を差すように言った。

「慌てるんじゃねえ。まだ、証しは何も上がっちゃいねえんだ。全てはこれからさ」

「でも、浄閑寺を調べれば、すぐにでも……」

そこではたと気付いた。言うまでもなく、浄閑寺は寺社方の領分で、町奉行所は手出しができない。

「おいお美羽。また余計なことを考えてるんじゃねえだろうな」

青木が睨んできた。が、どこか期待するような響きがあったのは、気のせいだろうか。

「旦那、こちらですかい」

表で呼ばわる声がして、柄の大きい人影が入って来た。

「お呼びってことでしたが……あれっ、またお前か」

入って来たのは、丈吉だった。お美羽を見て、目を怒らせる。

「まだ首を突っ込んでるのか。いいか、金具屋でうまく話を摑んだからって、調子に乗るんじゃねえぞ。ここはなァ……」

「おい丈吉、何をしてる」

お美羽に絡む丈吉を、青木が咎めた。

「無駄話の暇はねえぞ。殺しがあった疑いのある家を見つけたから、呼んだんだ」

「へいっ、申し訳ありやせん」

丈吉は慌てて青木の前に行き、頭を下げた。

「どうやら殺しじゃなく、大掛かりな騙し技だったようだ」

青木は、ここで行われた死骸のからくりを、かいつまんで丈吉に話した。

「鍵は女だ。俺は霞のお蘭じゃねえかと睨んでる。お前も噂ぐらい聞いてるだろう。人相風体はこれだ」

青木は懐から書付を出し、丈吉に渡した。

「この辺りでこいつを見かけた者がいるだろう。とにかく女を捜せ。一緒にいた奴もだ」

「へ、へい、承知しやした」

丈吉は急いで飛び出した。それでも、出がけにお美羽に鋭い一瞥をくれていった。余程お美羽が気に食わないようだが、これで本腰を入れてお蘭を捜してくれるだろう。


家中を隈なく調べていると、日が暮れてしまった。結局これといったものは見つからず、青木は引き上げを命じて、番屋から提灯を持って来させた。

「遅くまで、悪かったたな」

提灯を持った小者を先に立て、ひと塊になって山谷堀沿いに歩き始めたとき、喜十郎が言った。欽兵衛は夕餉の待ちぼうけで腹を空かせているだろうが、仕方がない。

「いえ、それはいいんですけど。長次郎さんは、まだうちでの預かりを続けるんですか」

「そりゃあそうだ。奴がこの悪事に全く関わりねえ、ってことが明らかになるまではな」

お美羽としては、とうに明らかになっていると思うのだが、青木が認めない限り従うしかない。縄をかけられたまま前を歩く長次郎に目を移す。自分は殺しをやっていない、と思えるようになったことで、重荷が下りたようだ。いくらか背筋が伸びている。あともう少しの辛抱よ、とお美羽は心の中で励ました。

「あの、青木様、浄閑寺は難しいとして、この先は何をお調べになるんですか」

無礼とは思ったが、どうにも気が急く。青木は相変わらずの厳めしさで、答えた。

「屋形舟だ。まずそれを見つけ出す」

なるほど。はっきりした手掛かりは、やはりそれだ。数が多くて大変だとは言え、奉行所が人数を出して本気で捜せば、見つけることはできるのではないか。

大川端に出たときは、すっかり暗くなっていた。喜十郎は、目の前の大川を指した。山谷堀が大川に繋がるところには、流れに運ばれた砂が積もってできた大きな寄洲(よりす)がある。

「あの寄洲、暗くて見難いが葦なんかが生えて、舟の一艘や二艘は楽に隠せる。あいったところに屋形舟を置いてるかもしれねえな」

お美羽は、ぼうっとした影になっている寄洲を眺めた。こういう場所なら、むやみに人は寄り付かないかもしれないし、屋形舟が何艘かあったところで、川漁師や船頭たちも気に留めないだろう。

そんなことを考えていると、ふいに青木の声が聞こえた。

「何だ、あれは」

声がした方を向くと、大川の対岸を指差している青木の姿が、提灯の灯りに浮かんでいた。

「旦那、何事で……」

言いかけた喜十郎が、「あっ」と叫んだ。

「ありゃあ、火事か」

枯れた葦の向こうに、橙色の光がちらちらしている。少し上手(かみて)だ。青木が走り出した。一同が後を追う。

一町ばかり上手に来ると、もっとよく対岸が見えるようになった。間違いなく、何かが燃えている。だが、向こう岸に建つ家などではない。目を凝らして、それが何なのか気付いたお美羽は、大声を上げた。

「あれ、屋形舟じゃありませんか！」

急いで周りを見回したが、吾妻橋は遥か下手(しもて)だ。対岸へ行くには舟しかない。青木は身を翻し、下手に走った。皆が慌てて追いかける。舟を捜すのだとはわかったが、どうするのだろう。

山谷堀のところまで来ると、青木は堤を駆け下りた。そこに小屋が見え、前には二十人ほども乗れそうな舟が舫われている。それを見てお美羽は思い出した。ここは竹屋(たけや)の渡しだ。だが、この刻限では渡し舟はとうに終わっている。

「開けろ！　北町奉行所だ」

青木は小屋に駆け寄り、激しく戸を叩いた。すぐに戸が開き、唖然とした様子の渡し守が顔を出した。

「こ、こりゃあ八丁堀の旦那。いったい何事で」

「すぐ舟を出してくれ。大急ぎで向こう岸へ渡らにゃならねえ」

「ええっ、すっかり暗くなってるのに、ですかい」

「つべこべ言うな。さっさと出せッ」

有無を言わせぬ口調に、渡し守は引きつって、「へ、へえ、ただいま」と竿を摑んで飛び出した。

「喜十郎、お前は長次郎を連れて戻れ」

青木は真っ先に舟に飛び乗り、振り向いて言った。

「承知しやした。お気を付けて」

青木が十手を出して振り、青木と提灯を持った小者らの乗った渡し舟は、すぐに岸辺を離れた。ずっと先に見える炎は、激しく燃え盛っている。舟で駆け付けて、間に合うだろうか。

「向こうへ着いた頃にゃあ、燃えがらになってるだろうな」

喜十郎が、ぼそりと呟いた。長次郎はその隣で、呆然としている。

「あれ、捜そうとしてた屋形舟ですよね」

「決まってらぁ。先を越されちまった」

吐き捨てるように言う喜十郎と並んで、お美羽は対岸の炎を睨みつけ、唇を噛んだ。これで、追える手掛かりは一つになってしまった。

## 十三

山際と一緒に三ノ輪の浄閑寺へ着いたのは、翌日の昼過ぎだった。

「吉原の無縁仏を引き受けるお寺だって聞いてましたが、意外にちゃんとしてますねえ」

お美羽は山門と、巡らされた土塀を見ながら言った。

「荒れ寺みたいなところだと思ってたのか」

「ええ、何となく」

山際がくすっと笑った。

「そう思うのも無理ないかもしれんが。さて、墓は裏かな」

山際は、土塀に沿って歩き出した。

「本堂や庫裏には行かないんですか」

後について歩きながら、お美羽が聞いた。

「正面から住職に案内を乞うわけにもいくまい。おそらく住職は事情を知らないだろうし、こちらが知りたいのは、建前の話ではないからな。そのために、そんな格好をしてもらっているのだし」

言われてお美羽は、改めて自分の姿に目を落とした。古着屋で買った、つぎはぎだらけのすっかり色褪せた着物だ。これを買って着替えるとき、古着屋のおかみさんは、ちゃんとしたお嬢さんがどうしてそんなものを、と呆れ返っていたが、山際が御上の御用を匂わせ、納得させたのだ。その山際も、くたびれた着物に替えている。

「これでさまになってますかねえ」

襟元を引っ張りながら聞いてみる。簪は外し、櫛も安物と取り換えていた。

「もっと醜女であれば言うことはないが、そればかりは絶対に無理だな」

山際は冗談を飛ばして笑った。

「弥一にも来てもらったら良かったな。私より、弥一の方が役柄に合っている。ホトケの弟とかな」

「弥一さんは、お仕事がありますし」

お美羽は曖昧に言った。山際には言っていないが、弥一についてはこの前気付いたことが引っ掛かっており、今日呼ぶのは、どうも躊躇われたのだ。

「まあ、構わんさ。ほら、そこが墓地だ」

山際は、寺の裏手に広がる敷地を指した。その先を、山谷堀が通っているのが見える。こっそり死骸を運び出すのには、ぴったりだ。

墓地と境内は土塀で仕切られており、境内に近い側には墓石が並んでいた。裏手の方は墓石がなく、土が盛られて卒塔婆だけが立ったものが続いている。奥に、供養塔らしき石塔が一つ、あった。吉原から運ばれた死骸が埋められているのは、あの辺りだろう。

見渡すと、人影はないと思ったが、土塀の傍で竹箒を使っている寺男が一人、いた。見たところ、痩せてやや貧相な白髪交じりの四十男だ。墓地を掃除していると いうことは、この男が墓地の目配りを任されているのだろう。墓掘りを雇って埋葬するのも、その役目に違いあるまい。二人は、その寺男に近付いた。

「ちょっと尋ねるが」

山際の声に、寺男は面倒臭そうに顔を上げた。

「何ですかね」

「実は、ここへ投げ込まれた女郎を捜している」

「へえ?」

寺男は、訝し気に二人を見た。

「死んだ女郎を、ってことで?」

「そうだ」

「どうして、そんなことを」

「それが、なあ」

山際はお美羽の方を向いた。お美羽は哀し気でおどおどした表情を浮かべ、ぺこりと頭を下げた。

「こいつの姉を捜してるんだ。父親がろくでなしでな。だいぶ前に売り飛ばされ、行方もわからなくなってた。その父親は、こいつを売り飛ばす前に死んじまったんだが、近頃になって、ようやく姉が吉原の店にいることがわかったんだ」

よく、すらすらと嘘を並べられるものだ、とお美羽は感心する。自分も多少やったが、ここまでもっともらしい話はなかなかできない。寺男は、口を挟まず黙って、疑わし気にお美羽と山際をねめつけている。

「店に正面切って出向くわけにもいかず、噂を拾うと、姉と同じ年格好で似た顔の女が、廓の掟に反した死に方で死んだらしい、と聞いてな。それなら、葬られたのはここに違いないから、確かめられないものかと来てみたんだ」

「へえ、そういうことで」

寺男は、お美羽を上から下までじっと見てから、山際に言った。

「お侍さんは、どういう関わりで」

「うむ。その姉というのは、昔、俺の女だった」

「そうですかい」

寺男は、一応得心したようだ。

「投げ込まれた女郎なら、名前も何もわからねえ。捜すって言われましてもねえ」

「そう言わずに。姉さんは、こんな感じなんです」

お美羽は、今までに聞いたお菌の背格好風体を、できるだけ詳しく話した。すると、寺男の顔色が明らかに変わった。

「知らねえなあ、そんな女は」

寺男は目を逸らして言った。とぼけているのが、ありありとわかる。

「捜したいって、もし見つかったらどうなさるんで」

寺男は、話を逸らそうとしているようだ。山際が言った。

「見つかったら、こっちで葬ってやりたい。死骸を引き取らせてくれ」

「一旦埋めたのを、掘り出せってんですかい」

寺男が嫌な顔をする。

「もう、こっちで供養してるんだ。今さらそう言われても。だいいち、土の中ですっかり腐っちまってるはずだ」

「金を出せば、死骸を渡してくれるとも聞いたが」

寺男が、またぎくりとした。

「どっからそんな話を」

「それもまあ、噂だ。どこで聞いたかは、勘弁してもらいたい」

寺男は、顔を歪めた。お美羽がさらに言う。

「お願いします。お金を出したら……」

束の間、寺男の顔に何か考えるような色が浮かんだ。適当な死骸を渡して、金を懐にすることを思案したのだろう。だが、すぐにせせら笑いに変わった。

「あんたら、金なんか持ってそうに見えやせんがねえ」

「てことは、やっぱり金次第で死骸を渡してくれるんだな」

山際に言われ、寺男は、しまったという顔になった。

「そんなわけねえでしょうが」

寺男は、そっぽを向く。山際が、さらに迫った。

「今までにも、金を貰って死骸を渡したことがあったんじゃないのか」

「よしてくれ。冗談じゃねえ」

「さっきこの娘の話を聞いたとき、その特徴に合った死骸を知ってるって顔だったぞ」

「ば、馬鹿言うな。とっとと帰ってくれ」

ここで山際は、口調を変えた。戦法を変える、ということだ。

「まあそう邪険にするな。お前さん、金儲けする気はないか」

「金儲け？」

寺男は眉間に皺を寄せ、山際の顔を覗き込むようにして言った。

「あんたら、いったい何者だ。本当に女郎の死骸を捜しに来たのか」

「そんなこと、どうだっていいんだよ」

お美羽も山際に合わせ、蓮っ葉な物言いに切り換えた。

「お前、俺たちにも死骸を売らないかって言ってるんだ」

「な、何だって」

「前にそういうことをやったのは、わかってる。だから、俺たちにもちょいと手を貸せ」

「し、死骸をどうしようってんだ」

「あんたは知らなくっていいよ。前もそうだったんだろ。乗るの、乗らないの」

お美羽は嵩にかかって凄んだ。自分でも、なかなかの出来だと思う。果たして、寺男の目に貪欲そうな光が宿った。

「幾ら出す気だ」

やった、とお美羽は思った。寺男が、釣り針にかかった。

その時である。後ろで人の気配がしたので振り返ると、墓石の陰から、次々に四人の男が現れた。寺男と話している隙に、後ろから囲まれていたようだ。まずい。

四人のうちの一人が、一歩前に出た。えらの張った、三十前後の目付きの悪い男だ。懐に手を入れている。そこには、匕首を忍ばせているのだろう。こいつが頭なのか。

「ここまで手繰って来やがるとは、思わなかったぜ」

頭らしいのが言った。

「けど、ここまでだ。ここから帰すわけにゃあ、いかねえ。お誂え向きに、ここは墓場だしな」

手下の三人は、頭の言葉を聞いてニヤニヤ笑いながら、揃って懐に手を伸ばした。四人とも、匕首を持っているのだ。そのうち一人は、身の丈五尺ほどで、目尻が吊り上がっている。丸源を訪ねて来た、あの指物師に違いない。おそらく残る二人のうち一人は、屋形舟の船頭だろう。

「ちょ、ちょっと待ってくれ。俺ァ……」

寺男が蒼白になり、後ずさった。そこで石に躓き、尻もちをつく。頭が嗤った。

「お前も、ちいっと口が軽過ぎるみてえだな。災いの種は、始末しとかなきゃな」

どうやら、初めから寺男の口も塞ぐ気で来ているらしい。血も涙もない連中だ。

お美羽は、ぞっとした。そうっと山際の後ろに退く。

「さて、そちらのご浪人。四人相手にする気ですかい。言っとくが、俺たちゃ素人じゃねえぜ」

四人は薄笑いを浮かべたまま、お美羽たちを取り囲む形に動いた。確かに、その辺の小銭稼ぎなどとは年季が違うようだ。お美羽は足が震えてきた。助けを呼ぼうにも、本堂にさえ声は届くまい。

「確かに素人ではなさそうだが」

山際が、全く動じていない声音で言った。

「それはこっちもなのでな」

言った刹那、山際は一歩踏み込んで、抜き打ちに刀を振るった。頭の匕首が、宙に飛んだ。

「あッ、この野郎……」

言い終わらないうちに山際が体を回し、指物師の匕首を弾き飛ばした。これで残る二人は焦ったようだ。何も考えずに匕首を構えて襲いかかった。が、踏み出した途端、山際の刀に手首を打たれ、匕首を取り落とした。山際はその匕首を踏んで、刀の切っ先を突きつけた。

「次は匕首でなく、肘から下が飛ぶ。その次は、首かもしれんぞ」

四人のならず者は、その場に固まって山際を睨んだ。が、それも束の間だった。頭がぱっと背を向け、一目散に駆け出した。残りの三人も、すぐさま頭の後を追った。だが、そこで山際が刀を返し、一振りした。刀の峰が、逃げようとした指物師の頭をしたたかに打ちすえた。指物師は膝を折り、その場に倒れ込んだ。

「すごい！　山際さん、お見事です」

お美羽は目を見張り、手を叩いた。山際は血を見るのが何より嫌いなので、誰も怪我をしていないが、四人相手に匕首だけ飛ばすなど、余程の腕でなければできない芸当だ。

「お美羽さん、大丈夫か」

山際が振り向き、お美羽を気遣った。

「だ、大丈夫です。すごく怖かったけど、山際さんの腕前は存じてましたから」

それでも、気を抜くとへたり込んでしまいそうだった。寺男はと言うと、腰を抜かしたまま起き上がれないようだ。

「やはり、私一人で来るべきだった。お美羽さんを怖い目に遭わせてしまって、済まん」

「そんなことありません。私のことは、本当に大丈夫ですから」

それから元気を出すように、褪せた着物の袖を持ち上げて笑った。

「こんなもの着て、死にたかないですし」

山際も、安堵したように笑った。お美羽は、地面にのびている指物師を指して言った。

「こいつ、連れてかなきゃいけませんね」

寺男は寺社奉行の支配になるので、ここは放っておくしかない。後で町奉行所が話を通すだろう。だが、指物師は寺の敷地から出して、町方で捕らえればいい。山際は、そうだなと言って、まだ座り込んでいる寺男に、縄を持って来いと言いつけた。山際の腕を見せつけられた寺男は、逆らうことなく何とか起き上がり、庫裏の方へ走って行った。

「それにしても、だ」

山際は難しい顔をして言った。

「昨夜は、屋形舟を燃やされたそうだな」

「ええ。今朝、喜十郎親分から聞いたところでは、青木様が着いたときにはすっかり燃えてしまってて、手掛かりになるようなものは何も見つからなかったそうです」

「そして今日はこれだ。私たちがこの寺へ来るのを、待ち伏せたかのようだな」

「え、山際さん、それはいったい……」

山際は腕組みし、指物師を見下ろしながら言った。

「どうも、この連中に常に先回りをされているようだ。どういうことだろう」

指物師をずっと引き摺っていくわけにもいかないので、三ノ輪の番屋へ行って町名主を呼んでもらい、事情を話して青木が来るまで番屋で留め置くことにした。ちょっと手間がかかったので、三ノ輪を後にする頃には、日がだいぶ傾いていた。家まで一里半かそれ以上あるし、途中で古着屋に寄って、預けていた自分の着物に着替えなくてはならない。欽兵衛は今日もお腹を空かせて待つことになりそうだ。

道中、お美羽は山際の考えを聞いた。

「先回り、とおっしゃいましたが」

「うむ。奴らは、こちらに先んじて手掛かりを消して回っている。御上の手が迫っていることに気付いているのは間違いない」

「気付いたのは、勘、じゃないですよね」

「無論だ。こちらの動きを、どうにかして探っているのではないかな」

では、奴らの手先はごく近いところにいる、ということだ。誰なのか。お美羽は思案し、ふと嫌な考えが浮かんだので、必死にそれを打ち消した。そんなこと、絶対ない。

二日経って、お美羽と欽兵衛は番屋に呼び出された。長次郎のことに違いないと見当はついたので、二人は揃って急ぎ足で出向いた。

「おう、ご苦労。そこへ座ってくれ」

番屋には、思った通り青木が待っていた。お美羽と欽兵衛は、言われた通り畳に上がって青木と対座した。

「早速だが、長次郎のことだ。殺しの疑いは、取り敢えず晴れた」

欽兵衛は、大きく安堵の息を吐いた。

「ありがとうございます。これで肩の荷が下りました」

「うむ。長次郎はもう仕事に戻っていいが、今度の一件を仕組んだ連中をお縄にして、全部を明らかにするまではおとなしくしていろと、厳しく言っておくように」

「はい、承知いたしました」

青木は頷いて、お美羽に言った。

「一昨日、三ノ輪でお前と山際さんが捕らえた男だが」

それを聞いて、欽兵衛が渋い顔をした。お美羽はちょっと身じろぎした。欽兵衛には浄閑寺の一件を簡単に話したが、心配するといけないので、匕首を突きつけられたことは省いてある。

「昨日、三ノ輪の番屋で締め上げた。名前は、藤平だ。浅草真砂町に住んでる。思ったよりは度胸の据わらねえ奴でな。全部わかってるんだと責め上げたら、知ってることを洗いざらい喋ったよ。それで長次郎も、証しが立ったわけだ」

「簞笥を作らせたことも、丸源に金具を盗みに入ったことも、認めたんですね」

「ああ。だがな、奴は今度の仕掛けのためだけに雇われたんだ。簞笥のことで指物に詳しい奴が入り用だったんで、博打に入れあげて仕事にあぶれた藤平が、目を付けられたらしい。二十両くらいは入る仕事だ、と言われて飛び付いたそうだ」

「雇ったのは、霞のお蘭なんですか」

「いいや。実は、そこからがちょいとややこしいんだ」

青木は、いつにも増して難しい顔になった。

「藤平に声をかけたのは、与吉って男だ。浄閑寺から逃げたうちの一人だな」

あの、四人の頭らしい男のことだろう。

「藤平に指図してたのは、与吉だ。他に二人、与吉の手下がいた。そして女だ。これは新鳥越町の家で初めて顔を見たそうだが、まずお蘭に間違いねえだろう。だが、その上にもう一人いるらしい」

「はい。長次郎さんも、最後に親玉らしいのが作った簞笥の検分に来ていた、って言ってました。そいつのことでしょうね」

お薗の男かもしれないな、とお美羽は思った。

「ああ。藤平の話じゃ、今度の仕事は千両にもなろうかっていう大仕事だ、と与吉が漏らしていたそうだ。それほどの仕事を仕切るんなら、半端な奴じゃあねえな」

「大物の盗人か何かでしょうか」

「そいつはわからねえ。藤平は、簞笥の材を用意するのと、長次郎の仕事を見張るのが役目だった。高崎屋へ忍び込んで抽斗をすり替えたのも、奴と与吉だ。思った通り、番頭の徳七が手引きをしてた。だが、藤平はそれ以上のことは知らねえようだ」

「え？　てことは、抽斗の隠し細工に何が入ってたかも知らなかったんですか」

「ああ。藤平は抽斗を運んだだけで、隠し細工はいじってねえ。一方徳七は、親玉の正体を知ってたんで、始末されたってわけだ」

親玉というのは、頭も切れて相当用心深い奴らしい。寺男も私たちも、容赦なく始末しようとしたぐらいだ。お美羽はまた背筋が寒くなった。

「隠し細工には証文が入っていたと聞きましたが……」

欽兵衛が言った。事情を半分程度しか聞いていないので、全体がどんな悪だくみだったのか、知りたいようだ。

「ああ。おそらく徳七から証文のことを聞き出して、強請りに使う魂胆だったと思うんだが」

「千両も稼げるほどの証文とは、驚きますなあ」

嘆息する欽兵衛に、青木は「まあな」と曖昧に返した。太田家のことについて、ここで語るつもりはあるまい。

「お蘭って人の行方は、まだわからないんですね」

「まだだ。花川戸の丈吉と、あと二、三の岡っ引きに追わせてる。簞笥のからくりについちゃ、大名家が絡むんであまり言えねえからな。お蘭が殺された徳七に美人局を仕掛けた、とだけ話してある。性根入れて捜してるとは思うが、三日しか経ってねえし、もうちっとかかるだろう」

大名家と聞いて、欽兵衛が眉を上げたが、気配を察して何も言わなかった。

青木に丁重に礼を述べて年末の付け届けを渡し、お美羽と欽兵衛は長次郎のところへ行った。二人が番屋へ行ったのは聞いていたようで、長次郎は着物を整え、居住まいを正して待っていた。

「長次郎、青木様からお許しが出た。まずは、無罪放免だ」

欽兵衛が笑顔で告げると、長次郎は「ありがとうございやす」と平伏した。

「本当に、大家さんとお美羽さんと山際さん、長屋の皆にも、すっかり世話かけちまって……もう何て言ったらいいか、本当に申し訳ねえ話で」

長次郎は至って恐縮しているが、ついこの間までに比べると、すっかり血色が良くなり、顔つきも元に戻っていた。

「これで長屋も安心して正月を迎えられるわ。それにしても長次郎さん、いくらいい女でも、簡単に引っ掛かるなんて。身持ちをしっかりしなきゃ駄目ですよ、ほんとに」

お美羽が苦言を呈すると、長次郎は身を竦めた。

「一言も返せねえや。これからは、充分に気を付けまさあ」

さっさと所帯を持てばいいのよ、と言いかけたが、それはそのまま自分に跳ね返ってきそうなので、やめた。後ろが騒がしくなったので振り向くと、山際以下、長屋の住人たちが詰めかけていた。

「長次郎、これで一安心だな」

山際がにこやかに言うと、長次郎がまた恐縮した。

「へい。山際さんにも、さんざん面倒をおかけしやした。親方や弥一にも、ずいぶん心配を」

弥一、と聞いてお美羽の胸が騒いだ。

「覚蔵や弥一には、まだ知らせてないんだな」

山際はお美羽に聞いたが、答える前に長次郎が言った。

「これからすぐ、行って参りやす。嫌ってほど、どやされそうですがね」

長次郎は苦笑して、頭を掻いた。

「うん、それがいい。弥一はあんなに親身になっていたんだ。さぞかし喜ぶだろう。覚蔵親方には、これからは精進しますと、しっかり謝るんだぞ」

「へい。そういたしやす」

長次郎は立って、集まった連中に礼を言いながら、人垣をかき分けるようにして出て行った。山際は、目を細めて見送っている。

「後は浄閑寺から逃げた奴らと、お蘭とかいう女がお縄になれば、言うことはないんだが」

「はい。青木様の話では、丈吉親分ほか何人もが追っているそうですから、いずれ見つかるとは思いますけど」

「霞と言われるほど、摑みどころのない女らしいからな。この前、お美羽さんが行った金具屋の源助とやらのように、しっかりと見た相手を覚えている証人が見つかればいいんだが」

「そうですねえ……」

言いかけて、お美羽はふと口を閉ざした。何か今、引っ掛かったようなのだが。お美羽はそのまま、記憶を遡った。何だろう。私たちは、いつも先回りされている……。

「お美羽さん、どうしたんだ。何か考え事か」

山際に肩を叩かれ、我に返った。見回すと、長屋の連中はもうそれぞれの家に戻っている。お美羽は意を決して山際に向き直り、言った。

「山際さん、思い付いたことがあります。喜十郎親分のところまで、ご一緒願えませんか」

# 十四

「まったく、どこまで付き合わせる気だい」

お美羽と山際に並んで一緒に歩きながら、喜十郎がぼやいた。

「まあそう言わないで下さいな。どこまで行けばいいのか、相手に聞かなきゃわかんないし」

喜十郎は、「くそっ、乗っかっちまう俺も大概だぜ」などとぶつぶつ言っている。

ここは駒込(こまごめ)を過ぎたあたり。歩いているのは中山道(なかせんどう)で、左手には酒井雅楽頭(さかいうたのかみ)の広大な屋敷の塀が、ずっと続いている。このまま進めば、板橋(いたばし)宿だ。

相手の男は、二町ほど先を歩いている。その後ろには、喜十郎の下っ引きが二人、代わる代わるくっついていた。お美羽たちは相手に顔を知られているので、直に尾ければ見つかってしまう恐れが強い。そこで下っ引きに尾けさせ、自分たちはそのずっと後ろからついていく、という二段構えの面倒な方法を採っているのだ。脇道に逸れるようなら、曲がり角に下っ引きが立って、こちらに合図する手筈だが、ここまで相手は中山道を真っ直ぐ進んでいた。

「奴を疑う理由ってのが、ちいっと薄過ぎるって、俺はずっと思ってるんだが」

昨日この話をしてから、喜十郎は何度もそう繰り返していた。それはお美羽もわかっている。

「他に目ぼしい手掛かりはないんですから、空振り承知でもやってみる方がいいでしょう」

喜十郎もこうして一緒に来ているのだから、丸きり当てにしていないわけでもないはずだった。喜十郎は、これも何度目かになるが、「ふん」と鼻を鳴らした。

「それにしても、奴が今日にも動くって、どうしてわかったんだ」

続けて喜十郎が聞いてくるので、お美羽は答えた。

「指物師の藤平が、青木様に知ってることを喋ったのは一昨日です。親玉としては、八丁堀の手が伸びてこないうちに、お薗を高飛びさせたいでしょう。段取りに一日やそこらかかるでしょうから、今日か明日、お薗のところへ行くんじゃないかと思ったんです。ぴったりでしたね」

「ふん。まあ、道理だな」

喜十郎は、そんなことかと軽く受けたものの、内心で多少は感心したようだ。

「しかし、こんなに遠くに本当にお薗がいるのかね」

「親分、行ってみればわかるさ。そんなに手近なところに隠れていたりはしないだろう」

山際が気楽に言った。お美羽の読みが間違っていないと、信じているのだ。

「畜生、腹が減ったなあ」

もう尾け始めて一刻近くになり、日は高く昇っていた。そろそろ昼時だ。

「巣鴨の茶店でも寄りてえとこだが」

「親分、一服してたら置いてかれますよ。向こうは休む気配はなさそうだから、このまま板橋まで行くんじゃないですか」

「板橋に行きゃ、あの女が見つかるか」

「どうかな」

懐手の山際が、ちょっと首を傾げた。

「隠れ場所として、板橋宿の宿屋なんかはちょうど良さそうだ。江戸市中から遠くもない」

「ですよね。千両の仕事を片付けるまでは、江戸から離れたくなかったでしょうし」

だが、もはや企みは露見してしまい、千両どころではなくなっている。どこか町奉行所の手が及ばないところで、ほとぼりを冷まそうとするに違いなかった。

「板橋宿の中なら町並地だから、町奉行所でお縄にできるが、宿場の外の百姓地なら御代官か寺社方の支配だ。そうなると面倒だぜ」

「ま、そうならないことを願おう。親分、ずっと渋い顔ばかり続けていると疲れるぞ」

山際に揶揄された喜十郎は、ますます渋い顔になった。

有難いことに、お美羽たちの願いはかなった。板橋宿は手前から平尾宿、仲宿、上宿の三つに分かれているが、その平尾宿の入口で下っ引きの甚八が手を振っていた。

「おう、甚八。奴はどうなった」

「へい、あの宿に入りやした。吾郎吉が見張ってやす」

喜十郎の問いに、甚八は宿場の中ほどにある、目立たない宿を指した。両隣と同じような造りで、大きくも小さくもない。

「どうしやす。踏み込みやすか」

「いや、ここに間違いなくお菌がいるかどうか確かめる。踏み込んでお菌がいなかったら、台無しだ」

山際が言うと、喜十郎も賛同した。

「女にまず吐かせて、言い逃れできねえようにしてから野郎をふん縛るんですかい。いいでしょう」

「宿ン中の様子を見て来やしょうか」

甚八が言うのを、喜十郎が止めた。

「余計なことはやめとけ。気付かれて逃げられたら、元も子もねえ。このまま待つんだ」

甚八が頷き、山際は近くの柳の木を指した。お美羽たちはそこへ移り、一服しているように装って、待った。

四半刻も経たないうちに、甚八が喜十郎を小突いた。

「親分、出て来やしたぜ」

尾けていた相手が、宿の暖簾をくぐって街道に出るのが見えた。目の端に、吾郎吉が男の後を追って動き出すのが映った。宿の正面ではなく、斜向(はす)かいの店の陰にいたようだ。目立たないよう頭を使ってるな、とお美羽は微笑んだ。

お美羽たちはすぐ脇の宿屋の塀の裏に隠れて、その男が通るのをやり過ごした。

「どうしやす」

「来たときと同じように、二人で尾けろ。奴が家に帰るまでだ」

合点です、と甚八が応じ、塀の裏から出て男の十間後ろについた。さらにその後を、吾郎吉が追って行く。

「よし。では、あの宿にお蘭がいるか、確かめに行こう」

山際が街道に出かかるのを、喜十郎が止めた。

「表からじゃ駄目だ。お蘭は抜け目のねえ女らしいから、きっと障子を細目に開けて、表を見張ってるだろう。裏から回る」

山際が、わかったと頷いた。こういうところは、さすがに喜十郎も年季の入った岡っ引きだ。三人は大きく回り込んで、家並みの裏手に行った。

裏木戸をそうっと開け、お美羽たちは宿の厨に入った。下女が気付き、「あれまあ、何ですか」と驚きの声を上げた。山際が手振りで静かにさせ、喜十郎が十手を出す。

「御上の御用だ。客に気付かれねえよう、旦那をここへ呼んでくれ」

下女は「へ、へえ」と答え、忍び足で表に向かった。間もなく、五十過ぎと思われる白髪の太り気味の男が、厨にやって来た。

「ここの主人、又兵衛(またべえ)でございます。御役目ご苦労様です。どんなご用でしょう」

「おう。実は女を捜してる。一人で泊まってると思うが」

「はい、おられます。女でお一人のお客様は珍しゅうございますので」

「その人ですが、こんな感じでしょうか」

喜十郎に代わって、お美羽が人相風体を詳しく話した。又兵衛は、大きく頷いた。

「まさしく、そのお方です」

「さっき、その人のところへ男の客がありましたね」

「左様でございます。すぐお帰りになりましたが」

「決まりだな」

喜十郎が小声で言った。

「どこにいる」

「二階の、表に面したお部屋で」

やはり喜十郎が言った通り、街道を見張れる部屋にいるのだ。

「名主に言って、北町奉行所まで人を走らせてくれ。八丁堀の青木様に、お菌を見つけたと知らせるんだ」

又兵衛は、「お菌」ですね、わかりましたと言って表に戻った。さほど動じていないのは、宿屋の主人を長くやっていると、こういうこともあるからだろう。

又兵衛はすぐに戻って来た。

「番頭を名主さんのところへ行かせました。親分さん、そのお人を捕まえますか」

喜十郎は、少し逡巡した。咎人(とがにん)をお縄にできるのは同心か与力で、岡っ引きではない。しかし青木を待っていたら、日が暮れてしまう。

「親分、相手は高飛びしようとしているんだ。逃がすわけにはいかんぞ」

山際に迫られて、喜十郎は腹を決めたようだ。

「よし。身柄を押さえよう」

では、こちらへと又兵衛は三人を案内した。できるだけ音を立てず、階段を上る。二階の短い廊下を進み、三つあるうちの奥側の部屋の襖の前で、又兵衛が膝をついた。

「お邪魔をいたします。火鉢の炭をお持ちいたしました」

「ああ、はい、置いといて」

中から女の声がした。間違いなく、部屋にいる。

間髪を容れずに、喜十郎が襖に手を掛け、一気に開けた。火鉢の前に座っていた女が、ぎょっとしてこちらを見た。が、女の動きも素早かった。ぱっと跳ね上がると障子を引き、窓敷居に足をかけた。屋根から逃げようというのだ。山際が駆け寄り、女の襟首を摑んで引き戻した。女が悲鳴を上げる。

「何すんだ！　この野郎」

畳に落とされた女に、喜十郎が十手を突きつけた。

「霞のお蘭！　神妙にしろいッ」

お蘭は火鉢をひっくり返そうとした。山際がその腕をがっちり押さえる。お蘭はなおも暴れようとしたが、山際の手は振りほどけない。力だけでなく、何か技があるのだろう。

「じたばたすると、手を痛めるぞ」

山際が、諭すように言った。お薗はとうとう諦めて肩の力を抜き、畳に座り込んだ。

三人は、お薗を真ん中にして取り囲むように座った。又兵衛は、宿役人を呼びに行ったようだ。お薗は、ふてくされた顔で膝を崩している。

「ちッ。夕方までにはここを出るつもりだったのに、最後にドジ踏んじまったか」

お薗は、口惜しそうに吐き捨てた。

「どこへ行くつもりだったんだ」

「どこだっていいだろ」

「まあそうだな。岩槻(いわつき)か川越(かわごえ)ってところじゃねえのか」

喜十郎の言葉に、お薗の眉が動いた。図星らしい。女一人、通行手形もなしに遠国へは行けないし、江戸近くで身を隠せるほどには大きな町、というと限られてくる。

「ここがわかった、ってことは、あいつを尾けてきたんだね」

お薗の方から聞いた。答えずにいると、肯定と受け取ったらしい。溜息をついた。

「それじゃあ、あの人もお縄になるってわけだ」

言葉に寂しさの気配があった。やはり、情人だったのだ。

「幾つか聞きたいことがあるんだけど」

お美羽は、お薗を正面から見据えて言った。

「おい、何だよ。お調べがまだだってのに、勝手に……」

喜十郎が止めかけたが、お美羽は構わなかった。お薗が睨み返してくる。

「あんた、誰だい」

「あんたが罠に嵌めた、指物師の長次郎の長屋の、大家の娘よ」

「はぁ？」

お薗は一瞬、呆れたようにぽかんとし、それから笑い出した。

「てっきり八丁堀の下働きかと思ったよ。大家の娘だって？　なんてお節介なんだ」

ひとしきり笑ってから、お薗は再びお美羽を見返した。

「答えてやるとは、限らないよ」

「好きにして。あんた、徳七さんに狙いを付けたのは、最初からあの証文が狙いだったの？」

「いいところから聞いてくるじゃないか」

お蘭は、ふん、と鼻で嗤う。

「いいや。最初は、美人局のいいカモだと思ったのさ。女癖が悪くて、札差の番頭だから小金は持ってる。浅草寺でわざとぶつかって、お詫びにと飲みに誘ったら、あっけなく引っ掛かったよ」

美人局にやられたとなると、札差のような堅い商いの番頭であれば、店の信用にも関わる。徳七は、窮したろう。

「じゃあ、脅したら徳七さんの方から証文のことを喋ったわけ？」

「最初は、店の蔵の鍵を寄越せと言ってやったんだ。もちろん、美人局くらいでそんなものを寄越すとは思ってない。それが嫌なら五十両、ってところで手を打つつもりだった。そしたらあの番頭、すっかり本気にしちまってさ。蔵の鍵だけは勘弁してくれ、その代わりに使える証文がある、って自分から言い出した」

「なるほど。蔵の千両箱を奪われたら店が大変なことになるが、証文を盗られても貸した金が消えるわけではない。証文を奪われて困るのは、高崎屋より太田家の方だ。徳七は、そう考えたんだな」

　山際が、得心したとばかりに頷いている。

「証文を使って、強請りを企んだのか」

「証文ってのがね、どっかの御大名、ええと、今あんたが言ったね。太田家だっけ？　そこのお偉方が、御家に黙って借金したものでさ。あの人ったらそれを聞いて、こいつはうまくすりゃ千両になる、なんて言い出したんだ」

「それで長次郎を嵌めて簞笥を作らせ、抽斗ごとすり替えたんだな」

「あの番頭、抽斗の細工の開け方は旦那しか知らないってんだ。だから抽斗ごと盗んで、ぶっ壊すしかなかったのさ」

「盗むだけでなく、すり替えなんて手の込んだことをやったのは、証文を盗られたとすぐには気付かせないためか」

「そう。相手が気付いて動き出す前に、強請りにかかろうって手筈だったんだ」

「死骸を手に入れて長次郎さんを騙すなんて手も、あんたの男が考えたの？」

　お美羽がまた聞いた。お薗は、僅かに顔を歪める。

「正直、あたしはあんまり気乗りしなかったけどね」

「どうして」

お薗は、少し目を逸らした。

「あれは、吉原で男に騙されて、首をくくった女郎だ。そんな目に遭った女を、便利な道具みたいに扱うなんてねえ。罰があたりそうな気がしたんだよ」

同じ女として、受け容れ難かったらしい。だが、結局はお薗もそれに加担したのだ。お美羽は拳を握りしめた。

「寺男に金を渡し、お前と似た死骸が手に入るのを待って、企てを決行したのか」

山際が確かめると、お薗は「そうさ」と答えた。

「ひと月以上待ったけど、死骸が手に入ったら、大急ぎでやらなくちゃいけなかった。死骸が傷んじまうからね。まあ何とか、証文を手に入れるまではうまく運んだけど」

「ところが私たちが、徳七に目を付けた。それで、口封じが必要になったわけだな」

「ああ。見張られてるようだって教えてやったら、震え上がっちまってね。このまじゃ、お役人のところへ行きかねないってあの人が言い出して、夜に家に帰りかけたところを捕まえて、屋形舟に引っ張り込んだのさ。後は、もうわかってるだろ」

お薗は、さらりと言ってのけた。死んだ女郎にかけたほどの情は、徳七には感じていないようだ。

「あんた、美人局だか何だか、これまでに何度もやってきたんでしょ。どこでどんな人を泣かせてきたの」

お美羽のこの問いかけには、お薗は不敵な笑みを浮かべたまま、答えなかった。

「じゃあ、最後に一つ」

お美羽は、お薗をきっと睨んで言った。

「高崎屋のことに関わったのは、あんたとあんたの男、与吉ともう二人の手下、今度雇った指物師あがりの藤平。この六人に、欲深の寺男。他に仲間はいないの」

お薗は、わかりきったことを聞くな、という目をした。

「いないよ。それがどうしたのさ」

「わかった。なら、いい」

弥一の名は出なかった。お美羽がすごくほっとしたのに、喜十郎と山際は気付いたろうか。

しばし、四人は黙った。静けさが重い。表から、宿の呼び込みの声が聞こえてきた。やがて、お薗がぼそりと言った。

「やれやれ、どこでどう間違ったのかねえ」

それは、今度の仕事にしくじったことを言ったのだろうが、お美羽には、お薗が生き方そのものについて嘆いたように聞こえた。こんな美人なのだから、もっといい人生があっただろうに。

お薗は閉じた障子の方を向いた。もしかしたら、障子を通して、遠い日の生まれ故郷の景色を見ているのかもしれない、とお美羽は思った。

宿役人が来たので、お薗の身柄を預けた。普段は人馬の手配が仕事の宿役人は、露骨に迷惑そうな顔をしたが、明日にも奉行所が引き取りに来るから、と頼んで納得してもらった。こんな時のために用意されている脇本陣の一室に閉じ込めて、若衆に見張らせるそうだ。三人は、くれぐれもよろしくと言い置いて、平尾宿を離れた。

「まあ、ここまで来た甲斐はあったな」

喜十郎がもっともらしく言った。

「親分、それもこれも、お美羽さんの見立てのおかげだよ」

山際が微笑みながら、軽く釘を刺した。喜十郎は「わかってますよ」と肩を竦め、改めてお美羽に言った、

「こう言うのも何だが、あんたの目利きもなかなかのもんだな」

「ああ、いえ、お恥ずかしいです」

喜十郎からそう言われると、さすがに悪い気はしなかった。

「あんたの亭主になる奴は、大変だな。あんたにばれずに浮気するより、御城内の御金蔵を破る方が楽かもしれねえ」

「……ひと言余計です」

山際が大笑いした。山際さんまで、ひどい。

ぶつぶつ文句を呟いているうち、本郷辺りまで来た。日はすっかり傾いている。

「おっ、ありゃあ吾郎吉じゃねえか」

ずっと先で手を振っている若い衆を見て、喜十郎が言った。迎えに来たらしい。

吾郎吉は、すぐさまこちらに駆け寄った。

「ああ、良かった。親分、お疲れ様です」

「おう。女ぁとっ捕まえたぞ。そっちはどうだ。奴は家に戻ったか」

「へい。それでお迎えに。青木様がこのますぐ来てほしいそうです」

「てことは、一気に片を付けるんだな」

喜十郎は、お美羽と山際の方を向いて、頷いた。二人も、頷きを返す。

「わかった。行くぞ」

吾郎吉は「へい」と応じ、案内に立った。お美羽たちはその後を、足を速めて追った。


暮れ六ツの鐘が鳴る頃、番屋に着いた。入ってみると青木が、捕り方を十人ほど従えて待っていた。

「おう、ご苦労だった。首尾は」

喜十郎の顔を見るなり、青木が聞いた。喜十郎が、お蘭を宿役人に預けた顚末を話すと、青木は満足気な笑みを浮かべた。

「でかした。じゃあ、仕上げにかかるとするか」

青木が立ち上がり、捕り方たちが六尺棒と御用提灯を持った。そこで青木は、お美羽に言った。

「お前さんも来る気か」

危ないから止せ、と目が告げているが、お美羽はきっぱりと言った。

「最後まで、見届けます」

青木は唇を歪めたが、今度の一件は、半ばまでお美羽の手柄だと承知しているからだろうか、それ以上は何も言わなかった。一同はうち揃って、番屋を出た。

その家は長屋ではなく、一軒家だった。もとは何かの店だったのだろう。家を見張っていたらしい甚八が、物陰から出て来た。

「野郎、結構いいところに住んでやがるな」

喜十郎が、いまいましげに言った。捕り方の半分が、裏へ回った。

「四人とも、揃ってるんだな」

青木が甚八に念を押す。

「間違いありやせん」

青木は無言で頷き、帯から十手を抜いた。そして、「かかれ！」の号令と共に大きく振った。

表と裏から、十五人が一斉になだれ込んだ。お美羽と山際も続く。捕り方の背中越しに見えた家の中では、車座になった四人が呆然として固まっていた。青木の大音声が響く。

「花川戸の丈吉並びにその手下ども。高崎屋に忍び入り、抽斗を盗み出せしこと、番頭徳七を殺めしこと、重々不届き。これより召し捕る。神妙に縛につけ！」

「ち、畜生ッ！」

丈吉が叫んで、徳利か何かを叩きつけ、立ち上がろうとした。そこを捕り方が、六尺棒で押さえ込んだ。与吉たち三人の手下は、ほとんど動けなかったようだ。

「盗みと殺しだけじゃねえ。十手を預かりながら、ずいぶんと好き勝手をやってくれたようだな。獄門は免れねえと覚悟しやがれ」

土足で踏み込んだ青木は、丈吉の首筋に十手を押し付けた。岡っ引きには、賭場を開いたり強請り紛いのことをやったりするたちの悪い連中が少なからずいるが、丈吉はあまりに酷かった。

「くそ……何でわかったんだ」

その場で縄をかけられた丈吉が、呻いた。

「あんたの手抜かりよ」

辛抱できず、お美羽が言った。青木が、余計なことをと睨みつけてくる。だがもう遅い。お美羽は捕り方の間を縫って、前にずいっと出た。

「お前は……」

お美羽の顔を見た丈吉が、目を剝く。お美羽は丈吉を見下ろして、言った。

「私たち、ずっと先回りされてた。徳七さんを見張り出したら、途端に殺された。田原町の笹屋に聞き込みに行ったら、途端にあんたに出くわした。新鳥越町の家を見つけたら、すぐに屋形舟が燃やされた。浄閑寺へ行ったら、待ち伏せされた。お薗さんを捜そうとしたら、とっくに板橋まで逃げられてた。どれもこれも、ちょっと都合が良過ぎるでしょう。私たちや奉行所の動きが、ずっと知られてたとしか思えない。でも、奉行所の指図で動いてたあんたなら、それができた」

「奉行所の指図で動いてたのは、俺以外にも大勢いるだろうが」

丈吉は、ちらりと青木を見ながら言った。お美羽はかぶりを振る。

「決め手はそれじゃない。あんたは、一度だけ口を滑らせた。金具屋よ」

「金具屋？」

丈吉ばかりか、青木まで怪訝な顔をした。お美羽はさらに続ける。

「新鳥越町の家で、あんた私に、金具屋でうまく話を摑んだからって調子に乗るな、って言ったでしょう。でも、箪笥や金具に関わる話は、青木様も喜十郎親分もあんたにしていないはず。私が金具屋に行ったこと、どうして知ってたの」

丈吉の目が見開かれた。自分のしくじりに、気付いたのだ。

「あんたの気がかりは、藤平が金具屋の丸源で顔を見られてること。丸源はそれを、覚蔵親方に話しているかもしれない。だから手下に、覚蔵親方と丸源を、誰か探りに来る奴はいないかと見張らせてたんでしょう」

以前に覚蔵のところから帰るとき、誰かに見られていると思ったのは、やはり気のせいではなかったのだ。

「新鳥越町であんたは、青木様から浄閑寺の死骸を使ったからくりについて聞いた。ばれたと思ったあんたは、寺男を黙らせなければと考えた。町方は寺に入れないから、調べに来るとしたら私、と見当をつけ、待ち伏せして一緒に片付けようともした。その上、屋形舟を度々使っていることにも気付かれたと知って、女を捜せと言われて外へ飛び出してすぐ、寄洲辺りに隠していた屋形舟を出して対岸に寄せ、火を点けたのね」

丈吉は黙っている。が、歯噛みしたその表情から、ほぼ全てお美羽の言った通りなのだと読み取れた。お美羽は、一歩丈吉の方へ踏み出した。

「あんた、お蘭さんを使って美人局をやってたのよね。でも昼間、お蘭さんと話して何となくわかった。お蘭さん、本当は美人局なんかやりたくなかったんだよ」

どこでどう間違ったのかねえ、と遠い目をしたお蘭の姿が、脳裏に甦る。

「それでも言われるままにやったのは、たぶん、あんたに惚れてたから」

丈吉が、はっとしたように身じろぎした。まったく、こんな男のどこに惚れたのか。今さらながら、男と女って不思議なものだ。

「こうも言ってたよ。不幸な死に方をした人の死骸を道具みたいに扱うのは、嫌だったってね」

丈吉が目を逸らした。

「あんた、人の痛みがわからないんだね」

お美羽は、じっと丈吉の顔を覗き込んだ。

「あんたとお蘭さんの間のことは、私がどうこう言う話じゃないかもしれない。けど、長次郎さんをあんな風に嵌めたのは、絶対許せない。人を殺めたと思い込んだ長次郎さんが、どれほど苦しんだと思ってるの。せいぜい地獄で、同じ苦しみを味わいなさい」

お美羽はさらに近付き、上から丈吉をねめつけて言った。

「うちの店子に手ぇ出す奴は、ただじゃおかないんだから」

お美羽は捨て台詞を残すと、半ば気圧(けお)されたような青木と山際を尻目に、さっと踵を返して表に出て行った。

## 十五

青木がお美羽の家にやって来たのは、浅草の歳の市も終わって、暮れも押し迫ってきた頃だった。障子張りをしていたお美羽は、慌てて頭に巻いた手拭いを取り、着物を直して青木を迎えた。

「これは青木様、御役目ご苦労様でございます」

炬燵で年末の掛け払いの勘定をしていたらしい欽兵衛も、大急ぎで羽織に袖を通して出て来た。

「暮れで忙しいのに、邪魔して済まんな」

座敷に腰を落ち着け、青木としては珍しいくらい、愛想よく言った。

「いえ、とんでもない。ようこそお越し下さいました。先日はうちのお美羽が、いろいろとご面倒をおかけしましたようで……」

欽兵衛が恐縮したように言うと、青木はそれを遮るように手を振った。

「いや、世話になったのはこっちだ。お美羽、大した働きだったな」

「青木様からそのようなお言葉、誠に恐れ入ります」

捕物に首を突っ込み過ぎたのを咎められるかと思いきや、お褒めに与った。やはり青木は、役人にしては真っ正直な男だ。

「それで、本日はどのような……」

欽兵衛が上目遣いに聞くと、青木は生真面目な顔で言った。

「丈吉と与吉、藤平ら手下四人、お薗は、揃って伝馬町送りになった。余罪はだいぶあるだろうから、お調べはまだ当分続くが、長次郎と高崎屋の一件については、ほぼ片付いた。お美羽もまだ知りたいことがあるだろう。できるだけ、話してやろうと思ってな」

「まあ、それはありがとうございます」

お美羽は少なからず驚いた。役人の方から、顚末を教えてやろうなどと、まず言われることはない。これは、褒美代わりという意味だろうか。

「それではお言葉に甘えまして、太田家のことでございますが……」

お美羽の言葉に驚いて、欽兵衛が「これ」と袖を引いた。だが青木は、「構わん」と言って話し始めた。

「とは言うものの、大名家に関わることだからな。ここだけの話にしてくれよ」

「無論、承知しております」

「うむ。あの証文だが、太田家の江戸留守居役が御家に黙って一人で借りたものだ。御留守居役は、御家の借金が増え続けるのに困って、余計なことを考えた。相場に手を出したんだ」

「まあ、商人の真似事を」

「ああ。最初に一度儲かったんで、これを続ければ御家の借金が減ると勘違いしちまった。で、御家の公金を自分の裁量で相場につぎ込んだ。ところが素人の生兵法、忽ち大損だ。ばれないうちに穴埋めしなきゃならねえ。そこで、懇意の高崎屋に泣きついた」

「その時貸したお金の証文だったんですね」

「そうだ。高崎屋としても、御家の保証がねえから証文なしってわけにはいかなかったんだな。ただ、表にばれちゃまずい。そこで簞笥を新調する機会に、隠し細工を注文したってわけだ」

「取り戻した証文には、そこまで書いてなかったんでしょう。御留守居役様から、よく聞き出せましたね」

「ま、蛇の道は何とかってな」

　青木は肩を竦めた。各大名家の御留守居役は、自分の家中の侍が江戸で面倒事を起こした場合に備え、町奉行所の与力同心に付け届けをするのが習慣になっている。今度のことも、御家の名が表に出ないよう、丸く収めてくれと頼まれているのだろう。

「御大名家の重役様方も、いろいろと大変なのですなぁ」

欽兵衛は、いささか間の抜けた感心の仕方をした。青木は、確かにな、と軽く相槌を打つ。

「青木様、結局丈吉は強請りに取り掛かる前にお縄になったわけですけど、もし強請っていたら、御留守居役様は千両お出しになったでしょうか」

青木は「厳しいところを衝くなあ」と苦笑らしきものを浮かべた。

「どうだかな。そもそも借りたのが千両だ。強請られても、千両は出すめえ。しかし御留守居役も、殿様やご家老の知るところとなりゃあ、切腹とはいかねえまでも、御役御免は免れねえだろう。例えば五百両に値切れたとしたら、出したかもしれねえな」

払える額なら払ったろう、ということか。丈吉の狙いも、無茶ではなかったわけだ。

「そうだ。田原町の笹屋ですけど、あそこはお調べになりましたか」

「ああ、笹屋か。あそこは丈吉とお菌が、釣り上げたカモを脅すのに使ってたようだ。笹屋の主人は、上客に女をあてがってるって噂が前からあってな。丈吉とは、持ちつ持たれつだったらしい。これを機会に、しょっ引いてやった」

　徳七のことを尋ねたとき、どうも何か知ってるようだった。やはり、一枚嚙んでいたのか。笹屋を出てすぐ丈吉に出くわしたのは、店の者が変な奴が来ていると知らせたからに違いない。

「浄閑寺の方は、どうなりましたか」

「あっちは、御奉行から寺社方に話を通した。聞いたところじゃ、やっぱり寺の方は与り知らねえことで、大いに驚いて恐縮してたそうだ。欲に駆られた寺男が、勝手にやったらしい。寺男は、寺社方で処断すると確約した」

「仏になった方をぞんざいに扱って、揚句にお金にしようなんて、あんな寺男はきつくお仕置きしていただかないと」

　お美羽が柳眉を逆立てると、青木も「もっともだ」と頷いた。

「長次郎はどうしてる」

　今度は青木の方から聞いた。

「おかげさまで、すっかり元気になって、仕事に精出してるようです。実は明日、今度のことをいい機会にして、長次郎と弥一に大事な話をするつもりだから、私にも立ち会ってくれと覚蔵親方から言われてまして」

弥一には、しばらく会っていなかった。お美羽は、一時の間とは言え、弥一を丈吉一味と通じているのではと疑ったことを、気に病んでいる。弥一は知らない話だから、面と向かって謝るわけにいかないので、お美羽は弥一の顔を思い浮かべながら、心の中で繰り返し詫びていた。明日会ったら、何て言おう。あの顔を見たら、ぼうっとして何も言えなくなってしまうんじゃないかしら……。

「まあとにかく、今度はおかげでいろいろ助かった」

青木が言ったので、我に返った。助かった、と言うのは、あのまま丈吉を使い続けて、火盗改などで捕縛されていたら、青木にまで責めが及ぶこともあり得たからだろう。

「お美羽はまだ独りだったな。俺の方でも、いい縁がないか、心当たりを捜すよ」

「え、青木様が。これは有難いお話で」

欽兵衛は、素直に喜んだ。

「いやなに、そう度々捕物に首を突っ込まれたら、商売あがったりだ。ちょっと落ち着いてもらった方がいいか、と思ってな」

半ば冗談、半ば本気のように青木が言った。良縁を捜してくれるのはいいけど、とお美羽は思う。今の私は、弥一さんが……。

「やあお美羽さん、わざわざ来てもらって済まねえな」

覚蔵は丁重な物腰で、お美羽を座敷に招じ入れた。

「先だっても挨拶に寄せてもらったが、長次郎のことでは本当に世話になった。改めて礼を言わせてもらいまさぁ」

覚蔵は正座して、深々と頭を下げた。両脇に控えている長次郎と弥一も、揃って礼をする。

「よして下さいな。放っておけないと思って私の方から首を突っ込んだんですし、兄弟子思いの弥一さんを見てると、何とかお手伝いしなきゃって……」

言いながら、ちらちらと弥一を見る。微笑みを浮かべた弥一と目が合うと、つい火照った顔を伏せてしまった。まったく、どうしてこの人を疑ったりしたんだろう。

丈吉たちはどうやって長次郎が高崎屋の簞笥づくりに関わっていると知ったのか、という疑問は、先日覚蔵がお美羽の家に礼に来たとき、あっさり解けていた。

「ああ、それは、高崎屋さんから注文を受けたとき、この簞笥は俺の手で作るが、腕の確かな長次郎って弟子がいるからそいつにも手伝わせる。ただしからくり細工は俺一人で作って、他の者には見せねえ。だから安心してくれって、そう言ったのさ」

番頭の徳七もその場に居合わせたので、この話は全部丈吉に伝わっていたのだ。わかってみれば、至極単純な話だった。弥一が度々高崎屋に行っていたようだ、ということについては、もうどうでも良かった。

「さて、暮れも押し迫ってきた忙しい最中に集まってもらったのは、他でもねえ。来年、この店をどうしていくか、って話だ。簞笥の一件を機会に、腹を決めた。長次郎に弥一、お前たちにとって大事なことだから、一件で大いに世話になったお美羽さんにも、立ち会ってもらうことにしたんだ」

長次郎と弥一が、「へい」と神妙に頭を下げた。

「弥一、お前もこの機会に話があるってことだったな」

「へい、左様で」

「それは後で聞こう。まずこっちの話からだ」

覚蔵は、長次郎の方を向いた。

「長次郎、お前の腕は確かだ。だが、大してもてねえ割に女癖が悪い。今も所帯が持てねえのは、そのせいだろう。今度の一件で、身に沁みたと思うが」

「へい、それについちゃ、返す言葉もありやせん」

長次郎は、頭を上げられずにいる。

「俺はいつか言ったな。お前は難しい細工もこなせるのに、言われた通りにやるだけで工夫がねえと。独り立ちするには、自分で意匠や細工を考えていかなきゃならねえのに、そこがまだまだだ。と言って、これ以上俺の下にいても、何も変わらねえだろう」

長次郎が、えっと驚いて覚蔵を見上げた。

「親方、そりゃあ……」

覚蔵は体を動かし、長次郎と正面から向き合った。

「お前は、殻を破る必要がある。春から小田原へ行け」

「小田原ですって」

長次郎の目が見開かれる。

「小田原の指物師、仁三郎親方に文を出して、お前のことを頼んだ。あそこじゃ、箱根細工もやってる。そこでしばらく修業して、何か掴んで来い。それができたら江戸へ戻れ。独立して店を出すのに、手ぇ貸してやる」

「親方……」

　思ってもみなかったことなのだろう。長次郎は、半ば呆然としていた。が、すぐに気を取り直したようだ。がばっと平伏した。

「わかりやした。こんな俺を放り出さずにそこまでしていただいて、御礼の申しようもござんせん。きっと、親方に認められる職人になって参りやす」

　覚蔵が目を細めた。そして、釘を刺すのも忘れなかった。

「それと、女癖の性根も叩き直して来い。そっちも肝心だ」

　長次郎が赤くなった。

「も……もちろんです。ありがとうございやす」

「聞いた通りだ、お美羽さん。こいつが戻って来たら、またよろしく頼む」

　覚蔵はまたお美羽に頭を下げた。お美羽は恐縮する。

「承知いたしました、覚蔵さん、さすがです。長次郎さん、親方のお気持ちに応えられるよう、励んで下さいね」

「へい、必ず。親方の顔を潰すようなことは、金輪際いたしやせん」

覚蔵は頷き、今度は弥一の方に体を向けた。弥一が居住まいを正す。

「さて弥一。お前は長次郎に並ぶほどの腕だ。それだけじゃねえ。意匠なんぞの工夫も、しっかりとできてる。もう立派に一人前、と言っていいだろう」

弥一の顔が輝いた。

「望外のお言葉です。恐れ入りやす」

「お前、所帯を持て」

「えっ」

いきなりだったので、弥一ばかりでなくお美羽も驚いた。

「なあに、そろそろ相手を見つけて身を固めろ、って言ってんだ。心当たりがなきゃ、俺が世話してもいい。俺に娘がありゃお前にってことも考えるんだが、あいにく子がねえんでな」

苦笑気味に覚蔵が言った。弥一は落ち着かなげに身じろぎしている。お美羽も落ち着かなくなった。まさか、私を？　いやいや、覚蔵が勝手にそんなことを考えたりはしないだろう。でも、もしそんな話があったら……。

「所帯を持ったら、ここを継いでくれ」

　弥一が「ええっ」と声を上げた。

「俺に親方の跡目を、とおっしゃるんで」

「そんなに驚くな。今すぐって話じゃねえし」

「で、でも……」

　弥一は眉根を寄せて、長次郎の方を見た。兄弟子を差し置くことになるのが、兄弟子思いの弥一には辛いのだ、とお美羽は察した。

「なんだ、これ以上ねえいい話なのに、しけたツラしやがって」

　長次郎が笑った。

「もしかして俺のことを心配してんのか？　余計なお世話だ。安心しろ。小田原でまた技を身につけて、戻って来たらここより大きい店を構えてやらあ」

　言ってから、口が滑ったと思ったらしく、青くなった。

「あ、親方、申し訳ねえ。そんなつもりじゃ……」

「口だけは達者だな。まあ、話半分として、そこまで言えりゃ上等だ」

覚蔵が高笑いしたので、長次郎も安心して顔色を戻した。

「兄さん……」

弥一が、目を潤ませている。

「弥一、お前なら親方の後を継ぐのにふさわしい。誰もがそう思うさ。安心しろ」

「へ、へい。兄さん、ありがとうございやす」

弥一が俯き、手で顔を拭った。お美羽も、目頭が熱くなってきた。

「それで親方、所帯の話ですが」

弥一が顔を上げた。覚蔵が、ほう、という顔になる。

「何だ。もしかして、話があるって言ってたのは、それなのか」

「そうなんで……ちょうどいい機会になりやしたが、実は、心に決めた女が」

心に決めたひと？　まさかそれって。お美羽の心臓が跳ね上がった。

「なんだ、そんな相手がいたのか。ちっとも知らなかった」

長次郎も目を丸くした。

「すいやせん。何しろ、知り合ってせいぜいひと月なんですが、一度話した途端に、この人しかいねえ、と」

覚蔵と長次郎は、揃って目尻を下げた。

「へえ、なかなかやるじゃねえか」

お美羽は、心臓が躍り出しそうだった。確かに知り合ってひと月ほど。弥一さんったら、そんなに思っててくれたの？

「どこの、何て娘さんだい」

「へい、実は……ここに来てもらってるんで」

弥一の目が、ちらっとお美羽を見たような気がした。待って待って、どうしよう。一緒になりたいって、この場で言うの？　私ったら、心の準備が全然……ああもう、もっといい着物着て来りゃよかった。お美羽は、慌てふためいた。

「裏手にいます。入ってもらっていいですか」

あれ？

「おお、構わねえとも。この寒空に待ってもらってちゃ、気の毒だ」

覚蔵が上機嫌で言い、弥一はほっとしたような笑顔になって、裏の方へ呼ばわった。

「お初さん、入って来てくれ」

はあっ？

間もなく足音がして、娘が一人、姿を現した。敷居の手前で、さっと座って畳に手をつく。弥一が、はにかみながら言った。

「高崎屋さんで女中奉公している、お初さんです」

「高崎屋の？　まいったな。お前、いつの間に」

覚蔵が柄に似合わず、目を丸くした。

「へい、例の一件をお美羽さんと調べているとき、店のことを教えてもらったんで。その時からです」

「何だ、それじゃあ、半分は俺のおかげみてえなもんじゃねえか」

長次郎が頓狂な声で言い、覚蔵に小突かれた。

「弥一もなかなかやるな。で、お初さん、あんたは承知したのかい」

お初は真っ赤になって俯き、恥ずかしそうに小さな声で答えた。

「は、はい。こんな私を望んでくれるお人がいるなんて、本当に嬉しくって」

覚蔵が目尻を下げ、うんうんと頷いている。

「こりゃあ、いい娘さんじゃねえか。よし、高崎屋の旦那にゃ、俺が話を通してやる。祝言はいつだ。まあ用意もあるから来月辺りか。梅の咲く頃で、祝い事にゃあ良さそうだ。道具は俺んとこで、と。ああ弥一、お前自分で作るか。材は勝手に使っていいぞ」

「親方、気が早過ぎますって」

弥一が慌て、お初はますます赤くなる。覚蔵と長次郎の笑い声が響いた。

一方、お美羽は全身の力が抜け、声も出なかった。ようやくわかった。弥一が度々高崎屋の辺りで姿を見られたのは、お初と逢引きしていたからだ。徳七の死骸が見つかったとき、早々に駆け付けてきたのは、お初に聞いたからだ。それに気付きもしなかったとは。

「お美羽さん、本当にお世話になりました。こうしてお初さんと出会えたのも、お美羽さんのおかげです。何とお礼を申し上げりゃあいいか」

弥一とお初が、並んでお美羽に頭を下げた。

「い、いえいえ、ほ、ほ、本当に良かったですね。おめでとうございます」

辛うじて笑みを浮かべた。本当に、私ってどれだけ馬鹿なんだろう。頭の中で何度も繰り返す。お美羽は何だか、気が遠くなりそうだった。

「本当に、残念だったわねえ」

お千佳が、嘆息交じりに言った。団子を齧りながら、隣のおたみも相槌を打つ。

「行徳の出の女中さんかぁ。お美羽さんの方が良縁だと思うけどなあ」

「向こうは四つも若いのよ。勝てない……」

毛氈を敷いた長床几に並んで座り、お美羽は情けない声で言った。まったく、なんて新年だろう。

ここは富岡八幡宮の前にある茶店である。年末の災厄で落ち込んでしまったお美羽を、お千佳とおたみがゲン直しにと、新年の七福神巡りに引っ張り出したのだ。朝から近所の深川神明宮（寿老神）、深川稲荷神社（布袋尊）、龍光院（毘沙門天）、円珠院（大黒天）、心行寺（福禄寿）、冬木弁天堂（弁財天）と回って、この富岡八幡の恵比須神にお参りし、上がりとなる。三人は、今しがたお参りを終えたところだった。

「今さらなんだけど、全然気が付かなかったの？」

傷口に塩を塗るようなことを言うおたみを、お千佳がつついた。お美羽は何度目かになる溜息をつく。

「全ッ然。こっちから言い出さなかっただけましよ。もう、穴があったら入りたい」

「でも、お美羽さんのせいじゃないんだし。お美羽さんが気に入らない男を吹っ飛ばしたとか、胸ぐら摑んだとか、そんな噂で引いたのとはわけが違うでしょ」

「……喧嘩売ってるの？」

いやいや、とおたみが手を振る。

「お美羽さんが綺麗な上に気立てもとってもいい人だっていうのは、付き合った人ならみんなわかるよ。だから、めげる必要なんてない」

どうも励まされているのか面白がられているのか、よくわからない。欽兵衛は結局、今度もお美羽の思いのたけには気付かないままで、年末から正月にかけて元気をなくしているお美羽に、「長屋の仕事を全部押し付けて悪いね。師走は長次郎のこともあって特に忙しかったから、だいぶ疲れたんだね」などと言っていた。相変わらず、苛々するほど呑気だ。そこがいいと言えばいいのだが。

「そう言えばお美羽さん、さっきおみくじ引いたよね。どうだった」

「見る勇気ない」

袂から畳んだままのおみくじを出して、手で弄びながら言った。お千佳が手を伸ばす。

「駄目よ、見なくちゃ意味ないでしょ。ほら、貸して」

「やだ。見られるくらいなら、自分で見る」

仕方なくお美羽は、恐る恐るおみくじを開いた。どう、とお千佳とおたみが覗き込む。

「……大吉」

本当かなあ。お美羽は、書かれた文字をじっと見た。

「あらいいじゃない。私は半吉よ」

「私は、小吉」

お千佳とおたみが言った。

「どれ？　あ、ほら、書いてあるじゃない。新たな良縁あり、って」

お美羽はおみくじをきちんと読んでみた。確かに、良縁に恵まれるようなことが書いてある。だが、どんな縁とまで書いてあるわけではないから、どうにでも解釈できる。

「どうかなあ、これ」

「せっかくいいことが書いてあるんだから、素直に信じればいいのに」

「まあ……ね」

おたみの言う通りかも、とお美羽は思った。目を上げると、すぐ傍に梅の木がある。無論今は花も葉もないが、芽はしっかりと顔を覗かせていた。これが満開になる頃には、気分も癒えているだろうか。

お美羽は大きく息を吸い込んだ。冷たい気が、胸を刺す。空はよく晴れていた。そうだ、落ち込んでいてもいいことは何もないんだ。

顔を上げ、前を向いたお美羽の耳に、どこからか獅子舞の賑やかな御囃子が聞こえてきた。

この作品は書き下ろしです。

# 江戸美人捕物帳
# 入舟長屋のおみわ 夢の花

山本巧次

令和3年6月10日　初版発行

発行人――石原正康
編集人――高部真人
発行所――株式会社幻冬舎
〒151-0051東京都渋谷区千駄ヶ谷4-9-7
電話　03(5411)6222(営業)
　　　03(5411)6211(編集)
振替00120-8-767643

印刷・製本―中央精版印刷株式会社
装丁者――高橋雅之



幻冬舎時代小説文庫

ISBN978-4-344-43101-0　C0193　　や-42-4

幻冬舎ホームページアドレス　https://www.gentosha.co.jp/
この本に関するご意見・ご感想をメールでお寄せいただく場合は、
comment@gentosha.co.jpまで。